講談社文庫

丸

講談社

戦国快盗　嵐丸

今川家を狙え

一

永禄《えいろく》五年（一五六二年）五月　駿府《すんぷ》

初夏の微風が、新緑の香りを乗せて通りを渡っていった。ゆっくりと通りを歩いていた嵐丸《らんまる》は、ふと足を止め、その心地よさを味わった。

（なるほど駿府は、風までもが雅《みやび》な肌合いだ）

そんなことを思って目を細め、改めて町並みを見やる。

京《みやこ》より東で、最も京に近い賑《にぎ》わいと言われる如《ごと》く、この駿府には多くの家屋敷が隙間なく建て込んでいる。京を模して碁盤の目のように作られた通りの左右には、様々な店が軒を連ね、その先に武家屋敷の土塀が続き、さらに奥には立派な城壁越しに、周りを圧するような今川館《いまがわやかた》の大屋根が見えていた。

このような城下は、確かに他で目にしたことがない。これに比べれば、尾張《おわり》の那古野《なごや》などは乱雑に家が集まっただけ、三河《みかわ》の岡崎《おかざき》などは百姓家が固まった程度で、町らしい町には見えない。強《し》いて比べるなら、越前《えちぜん》の一乗谷《いちじょうだに》か。だが山間の一乗谷と違って駿府は平地で、その分、町の広がりもずっと大きく思えた。

(これは、いい稼ぎができそうだ)

嵐丸は一人、ほくそ笑んだ。

嵐丸の生業《なりわい》は、盗人《ぬすっと》だった。小さな仕事はしない。金目のものを貯め込んでいそうな大商人や武家屋敷、寺などを狙って忍び込む。忍び口は、専《もっぱ》ら屋根だ。板葺《ぶ》きであろうと瓦《かわら》葺きであろうと、破れぬものはない、と自負している。藁《わら》屋根の方が実は厄介だ。その場合は、煙抜きの穴など別の入口を捜す。

首尾よく獲物を手にしたら、金に換える。その伝手《つて》は、幾つも持っている。金子《きんす》、銀子を盗み出せれば、それが一番だ。思ったより多くが手に入れば、時に貧乏人に分けてやることもある。この乱世、家や働き手を失って路頭に迷う者は、数知れずいるのだ。

かつては嵐丸も、そんな一人であった。幸いと言うか、身の軽さと手先の器用さは抜きん出ていたため、盗賊の親方に拾われた。その親方が侍に斬られて死んでから

あった。己《おのれ》一人の才覚で生きている。今は誰からも邪魔されない、思うがままの生き様で
は、あった。

嵐丸が駿府に目を付けたのは、この地の繁華はもちろんであるが、領主たる今川家の夕ガが緩み始めているのではないか、と思ったからだった。

足利《あしかが》将軍家に連なる名家である今川氏が、駿河《するが》と遠江《とおとうみ》の守護職に就いて二百年余。先代当主の義元《よしもと》は、海道一の弓取りとまで言われ、太守様と呼ばれてその力を誇っていた。

ちょうど二年前、義元は二万五千の大軍を興《おこ》し、尾張へと攻め入った。そのまま上洛する狙いであったかどうかは嵐丸の考えの及ぶところではないが、それだけの軍勢を率《ひき》いていった以上、尾張をごっそり我が物とするつもりだったのは間違いなかろう。対する尾張の織田《おだ》家の兵力は、三千から四千。当主上総介信長《かずさのすけのぶなが》は、尾張を統一してから誰もそう言う者はいなくなったが、かつては「うつけ者」呼ばわりされていた男。嵐丸も含め、誰もが勝敗は明らかだと思った。

ところが意外なことが起きた。順当に尾張に入った今川義元は、桶狭間《おけはざま》で織田信長に不意を打たれ、首を取られてしまったのである。大将を失った今川勢は虚《むな》しく駿河

に戻り、今川の家督は嫡男の氏真《うじざね》が継いだ。

急なことであったので、家督相続には様々な面倒事を片付けねばならなかった。氏真とその側近たちが、しばらくの間、雑事に忙殺されて軍を催せなかったことは止むを得ない。だがそうしたことが片付き、二年が過ぎても氏真は弔《とむら》い合戦に出ることがなかった。

諸国の情勢を見て歩いた嵐丸の目からすれば、そう簡単に大軍を動かすことはできまい、と思えた。今川の幕下《ばっか》に付いている遠江や三河の国衆が離反しないよう押さえておくだけでも、なかなかに厄介なのだ。

だが、そうした事情を知らぬ町衆や百姓たちは、父の雪辱を果たそうとしない氏真に苛立《いらだ》ちを覚えていた。氏真に骨がないから本気の攻めに出ないのだ、と。遊興にふけり、おもねる家臣ばかり重用する、とまで言う者もいる。

あながち根拠がないわけではなかった。氏真が武芸より蹴鞠《けまり》や和歌を好み、京から来た公家《くげ》らと親しく交わっているのは事実だ。家臣の用い方にも、ムラがあるらしい。岡崎の松平蔵人佐元康《まつだいらくろうどのすけもとやす》を筆頭に離反の動きを強める国衆たちにも、充分な手が打てていない、ということもあった。この二月には自ら兵を率いて三河に攻め込んだが、中途半端に終わっている。

今川家は隙だらけになりつつある、と嵐丸は見ていた。当主がそうなら、重臣たちも我が身大事に動き始める。密《ひそ》かに財を貯め込む者も出る。他の者の動きばかり気にして、足元を疎《おろそ》かにする。そんな家は、狙いやすい。

遠目に今川館を眺めつつ考えを巡らせていると、肩をぶつけられた。何だ、と顔を向けると、今川家の下士の一人らしい侍が、嵐丸を睨《にら》みつけていた。何だ、と顔をったんだろう、と腹が立ったが、今の嵐丸は小ざっぱりした小袖《こそで》に括《くく》り袴《ばかま》、頭には頭巾《ずきん》というかにも商人らしい格好だ。侍と揉めるわけにはいかない。急いで、ご無礼いたしましたと頭を下げた。

侍は鼻息も荒く、気を付けろと怒鳴ってから行ってしまった。嵐丸は、やれやれ、と首を振る。周りを見ると、誰もが見なかったふりをしていた。

（こうして見ると、誰もが不安そうだな）

行き交う人の顔色を見ながら、嵐丸は思った。人通りは多く、商《あきな》いも盛んなようだが、どうも皆、落ち着きがない。せかせかと動き、交わす言葉も心なしか早口だ。表情も今一つ、冴えない気がする。

（やはり皆、今川の先行きを心配しているのか）

桶狭間で勝ったからとて、織田勢が駿府にまで攻め込んで来るとは、まず考えられない。美濃《みの》の斎藤《さいとう》家と対峙《たいじ》している織田家に、そんな余力はない。今川と同盟している甲斐《かい》の武田《たけだ》や小田原《おだわら》の北条《ほうじょう》の存在もある。

だが、その味方であるはずの武田や北条も、今川が弱体になったと見れば、何をしてくるかわからない。昨日の友が今日は敵になっているのが、今の乱世なのだ。領主が代わっても、領民は田畑を耕し、商いを続けていく。それでも領主が弱いことは、やはり領民の不幸なのである。

嵐丸は町家の並ぶ一角を通り過ぎ、武家屋敷の連なる側に入った。その屋敷のどれかに商いの用向きがあるように装い、構えを確かめながら幾分速めの足取りで歩いて行く。

中でもとりわけ大きい屋敷の前を通る時、嵐丸は怪しまれない程度に様子を窺った。門は閉じており、敷地は土塀で囲まれている。通りから建物の屋根はほとんど見えない。裏手に回ると、厩《うまや》から馬のいななきが聞こえた。警護の兵は、見える場所にはいない。

物々しい気配はないので、嵐丸は安堵《あんど》した。そこが嵐丸の狙う屋敷なのだ。屋敷の主は、三浦右衛門佐義鎮《みうらうえもんのすけよししげ》。近頃、当主氏真の側近として重用されるようになった家臣である。

嵐丸自身は、右衛門佐をよく知っているわけではない。だが、氏真の近頃の派手な遊興はこの男の差し金によるもの、という噂《うわさ》があった。だとすれば、右衛門佐自身も遊興を好み、高価な骨董《こっとう》や茶器、絵や書の他、金もたんまり持っている、と考えていいだろう。読みに間違いはない、と嵐丸は信じていた。

お宝があるのは、右衛門佐の居室もある主殿だろう。蔵はあるようだが、全てをそこに納めているわけではないはずだ。特に愛着のあるお宝は、居室かその近くに置くものだ。どのみち持ち出せるのは、金子以外に一点か二点だから、手間のかかる蔵を狙う必要はない。

少し離れた寺の木に登って見て、右衛門佐の屋敷の屋根が全て板葺きなのは承知している。武家屋敷としては、ごく普通の建て方のようで、どこから入るかも概《おおむ》ね見当を付けてあった。

今夜にでもやろう、と嵐丸は決めた。入ってみてお宝が見つけられなければ、明日の夜、もう一度入り直せばいい。気付かれない自信はあった。とはいえ、駿府に長居をする気はない。右衛門佐の屋敷を片付ければ、それで引き上げるつもりだ。お宝がありそうな屋敷は他にもあるが、何軒も狙えば捕らえられる危険も高くなる。最もお宝があるのは今川館だろうが、さすがにそこを狙う気はなかった。

ふと、背中に何かを感じた。誰かに見られている。嵐丸は気付かぬふりをしてそのまま歩き続け、土塀の角を曲がったところでさっと後ろを見た。

誰もいなかった。気のせいだったか。

いや違う、と嵐丸は顔を顰《しか》めた。間違いなく、誰かが自分を窺っていた。姿を見られなかった、ということは、なかなかの手練《てだ》れだ。侍ではなく、忍びの心得のある者だろう。今川家の使っている忍びが、自分に目を付けたのか。

そうは思えない、と嵐丸は顎《あご》を掻《か》いた。寧《むし》ろ、自分と同じ生業の者ではないか、という気がした。正直、心当たりがないでもない。まあいい。向こうがそういう奴なら、今夜右衛門佐の屋敷に忍び込むとき、何か仕掛けてくるかもしれない。

(やれやれ、面倒臭いな)

嵐丸は頭を掻いて、再び歩き始めた。当面、後ろは気にしないでおくことにしよう。

その夜は、月が出ていた。半月より少し大きく、忍び入るには充分な明るさだ。

黒ずくめの装束に身を包んだ嵐丸は、軽々と土塀を乗り越えると、木の枝や侍長屋の屋根などを伝い、あっという間に主殿の屋根に上がった。そのまま見当を付けておいた辺りの屋根板を探り、音を立てないように気を付けて剝《は》がす。空いた穴から身を滑り込ませ、屋根裏に潜った。中は真っ暗だが、慣れているので感触はわかる。天井板に足を載せぬよう注意し、梁《はり》伝いに先へ進んだ。

この辺か、というところで止まり、梁に足をかけたまま、そうっと天井板を滑らせた。板戸が閉《た》てられているので、月明かりは入ってこない。何とか夜目を利かせ、奥書院に違いなさそうだと得心した。ここなら、何かしら大事なものが置かれているだろう。

さて部屋に下りよう、と足を動かしかけ、ぎくりとして固まった。板戸の隙間から、灯《あか》りが漏れたのだ。宿直《とのい》の見回りだろうか。

息を殺していると、板戸が音もなく開いて、誰かが入ってきた。手燭《てしょく》を持った侍だ。だが、見回りにしては妙だった。腰には脇差だけしか差していないし、動きが随分と慎重だ。嵐丸がする如く、音を立てないよう細心の注意を払っているようだ。

俄然、興味が湧いた。こいつは何をするつもりだろう。嵐丸は、そのままじっと待つことにした。侍は上を見ようとはしないので、僅《わず》かにずらせた天井板に気付くことはあるまい。

侍は嵐丸が見下ろしている側に背を向け、床の間《とこのま》に近付いた。手を伸ばし、違い棚を開ける。嵐丸は声に出さずに呻《うめ》いた。こいつ、何か盗むつもりだ。いったい何者か、という考えより、先を越された口惜しさが先に立って、嵐丸はつい歯軋りした。が、そこで首を傾げた。手燭に照らされた違い棚の中は、空っぽだった。どうしたことだろう。嵐丸は侍の後ろ姿を、じっと睨みつけた。

侍が違い棚の奥に手を突っ込んだ。その動きで、嵐丸は悟った。奥に隠し棚があるのだ。羽目板を外すと、出し入れが出来るらしい。なるほどと感心して、何が出てくるかを待った。

侍は、折り畳んだ書付のようなものを引っ張り出した。それを畳の上で広げる。嵐丸は、ほう、と目を見張った。何かの絵図だ。それともう一枚、書状も。書いてある字までは、読めない。

嵐丸は、侍がそれを持ち出すのかと思った。だが、そうはしなかった。代わりに、懐《ふところ》から紙と矢立を出した。その紙を絵図の横に広げ、矢立の筆を取り出す。どうやら、写し取る気らしい。何て悠長な、と思ったが、侍は誰も来ないと承知しているようだ。筆は速いが、焦《あせ》った様子はない。

侍は嵐丸がずっと見ているとも知らず、絵図と書状を丸ごと写し終えた。半刻、いやその半分もかかってはいないだろう。なかなかの腕前だ。侍は仕事を終えると、写し取ったものを畳んで懐にしまった。墨が乾いていないのでは、と嵐丸は心配したが、さすがに乾くのを待つほどの余裕はあるまい。

侍は元の絵図と書状を折り畳み、隠し棚に歩み寄ってそれを納めると、羽目板を元通りにして違い棚を閉めた。それから、誰にも気付かれなかったことを確かめるように一呼吸置き、軽く安堵の息を吐いてから、そっと書院を出て行った。

嵐丸はもうしばらく待ち、誰も来る気配がないと確信すると、書院の畳の上に下りた。摺《す》り足で違い棚に近付き、手探りで戸を開けて羽目板を外す。中に手を入れてみたら、紙束に触れた。それを引き出し、さっきの侍がやったように広げる。ただし、手燭なしではいくら夜目が利くといっても、何が書いてあるかは見えない。

こういう時の道具は、用意してある。嵐丸は懐に手を入れて、竹筒を二本、出した。一本は忍びが使う打竹《うちたけ》という着火具で、もう一本は口に金具を巻いた竹筒に灯心を入れた手燭代わりの道具だ。嵐丸は打竹を使って灯心に火を点《つ》けると、広げた絵図を調べた。

絵図には山や川や道が記され、集落のようなものや地名も見えた。何を示すものかはよくわからないが、隠し棚に入っているのだから余程大事なものに違いない。これは、結構なお宝と言えるのではないか。

このまま持ち去ることも考えたが、盗まれたことがばれるのは拙《まず》いかもしれない、と嵐丸は思った。だからこそさっきの侍は、盗み出すのではなく書き写すことを選んだのだろう。ただし嵐丸には、紙も筆も持ち合わせがなかった。書院なのだから棚を捜せば、紙も筆も硯《すずり》も置いてあるだろうが、墨をすっているような暇はない。

それでも、構わなかった。嵐丸は絵図をじっと見つめた。嵐丸は、見たものを覚え込むのが誰よりも得意だった。親方が生きていた頃は、それで大層、重宝されたものだ。この絵図程度なら、寸分違いなく覚えて後で書き出すことができる。

書状の方は少しばかり厄介だった。書かれているのは、主に数字だ。勘定書きのようなものだろう。盗品の換金の時に騙《だま》されないよう、足し算引き算くらいは心得ているが、勘定書きのような難しいものは不得手だった。仕方がないので、主だったもの、と思える数字を幾つか覚えるだけにした。

出来る限りを頭に入れ、絵図と書状を片付けようとした時、絵図の左下の隅っこに、小さい字で名前が記されているのに気付いた。絵図には他に、人名らしきものは載っていない。これはもしかすると、絵図を作った者の名かもしれない。だとすれば、これは大事だ。嵐丸はその名を頭に刻み込んだ。

右衛門佐の屋敷を出た時には、忍び込んでから一刻近くが過ぎていた。昼間に心配した邪魔は、入らなかった。しかし長居をし過ぎた、と思う。その上、屋敷からは何一つ持ち出せなかった。一応、金子くらいはないかと書院を捜してみたのだが、何も見つからなかったのだ。床の間に花器が一つと、掛け軸が一つあったが、なくなっていれば一目でわかるものなので、盗《と》るのはやめておいた。

だがあの絵図は、使いようによっては充分な金になる、と思えた。余程値打ちのあるものでなければ、あの侍も手を出したりはしまい。何の絵図かわかれば、売り込み先を捜せるだろう。

嵐丸は夜更《よふ》けの駿府の町を走り抜け、町外れのお堂に着いた。そこは駿府に着いてすぐに目を付けたところで、人が二、三人も入れる大きさがあるのに、人気もないまま放置されていた。柱は腐りかけ、屋根には草が生えて穴が開いている。それでも、二晩や三晩を過ごすには充分だ。駿府には真っ当な宿屋が何軒もあるが、商売柄、そこを使う気はなかった。幸い、賊や野伏せりのような有難くない先客もいない。嵐丸は床下に隠してあった荷物を出し、それを枕に寝入った。

外が明るくなる頃に嵐丸は起き、早速荷物から紙と矢立を出して、頭に叩き込んだ絵図を描き始めた。紙の大きさはあの絵図の半分もないが、持ち歩くには小さい方が好都合だ。

迷うことなく、すらすらと描き終えた。我ながら、満足のいく出来具合だ。よし、と独りで頷《うなず》き、最後に左隅にあの名前を書き入れようとした。が、筆を宙に浮かせて思い止まった。もし本当に絵図を描いた当人の名なら、敢《あ》えて記さずに隠しておいた方がいいかもしれない。何かの取引に役立つのでは。そう思った嵐丸は、最後にもう一枚の紙に、書状にあった数字を幾つか書いて筆をしまった。

嵐丸は墨が乾くのを待つ間、じっくりと絵図を見つめ直した。さてこれは、何の絵図か。そこには道が何本か描かれているが、右下の城から真ん中やや左の上にある山への道が、中心になっている。左手の方には、川が上から下へ一本、流れていた。大きな川らしい。天竜川《てんりゅう》だろう、と嵐丸は思った。そうすると、位置から考えて右下の城は、懸川城《かけがわ》ではないか。だが左上の山は、見当が付かない。何やら鳥居のようなものがあるが、神社ではなさそうだ。建物もあるので、門か何かだろう。こんな山地に、絵図を隠しておかねばならないような大事なものがあるのか。

最初は、宝の隠し場所の類《たぐ》いかと思った。だがそれなら、門や建物があるのは何故《なぜ》だ。

少し考えてから、思い当たった。鉱山だ。金か銀か銅か、そうしたものを掘り出しているのだろう。そう言えば、と嵐丸は頭を捻る。今川家は、駿河に金山を持っている。そこから、今川家を動かす財を得ているのだ。しかし、表に知られているものだけが全てとは限らない。武田家などは、隠し金山を幾つも持っていると噂に聞く。ならば、今川家も同様のものを持っていても、おかしくはない。

それに違いない、と嵐丸は確信した。これは、遠江にある隠し金山の絵図だ。であれば、隠し棚にしまうのも当然だ。あの侍はそれを承知で、どこか他家に売るか、今川を離反して他家に入る手土産《てみやげ》にするつもりだろう。

（こいつは思ったより、いい金になるかもしれんな）

嵐丸は書き起こした絵図を撫《な》で、ニヤリとした。

二

日がだいぶ高く上ってから、嵐丸はお堂を出て駿府の町なかに入った。写した絵図を懐にしたまま駿府をうろつくのは危ない、とは思ったが、お堂からは町を通らないとどこへも行けない。どうせなら、三浦右衛門佐の屋敷の様子をもう一度確かめておきたかった。誰かが忍び入って絵図を写したことに万一気付いたとしたら、それなりの動きがあるはずだ。

さりげなく屋敷の前を歩き過ぎてみたが、変わったところは何も見えなかった。昨日は閉じていた門は開いており、入って行く侍もいた。が、屋敷の中が騒然としているような様子は、全くない。やはり絵図のことは気付かれていないようだ、と嵐丸は胸を撫で下ろした。

町家の並ぶ側に入ると、人通りがぐっと増えた。商人姿の嵐丸は、その中に溶け込み、誰の目にも付かなくなった。

少し歩くと、飯屋があった。そう言えば、朝から何も口にしていない。中を覗くと、板敷きに十人ほどの客が座って飯を食っていた。流行《はや》っている店のようだ。腹が鳴ってきたので、嵐丸は店に入り、板敷きに上がると汁掛け飯と菜と酒を頼んだ。今時分に商人姿で飲んでいると人目を引くか、と考えなくもなかったが、絵図で儲《もう》ける前祝い、と勝手に決めた。

飯と菜と酒が、一緒に出てきた。まず飯をかき込んで腹の虫をおとなしくさせてから、濁《にご》り酒を椀《わん》に注《つ》いでぐいっと呷《あお》った。悪くない酒だ。五臓六腑に染みわたる。天気も良し気分も良し、このまま酔っ払えたらさらに良し。

「景気が良さそうだね」

ふいに後ろから声がした。濁り酒の椀を口元近くに捧げたまま、嵐丸は固まった。聞き馴染んだ、女の声。やっぱりそうか。

そうっと後ろを振り向く。いつの間にか、背中に張り付くように女が座っていた。嵐丸は、ゆっくりと椀を下ろした。

「麻耶《まや》か。いつからここにいた」

「あんたが一杯目を飲んだ時から」

麻耶は微笑《ほほえ》み、流し目を送ってきた。くそっ、と嵐丸は腹の内で毒づく。気付きもしなかったとは、油断し過ぎた。昨日、三浦屋敷の外で誰かに見られている、と思ったのは、やはりこいつだったか。

「で、何か用か」

「あらら、つれない言い方」

麻耶が拗《す》ねたように眉《まゆ》を下げる。嵐丸は、ぞくりとした。気付けば、他の客たちが羨《うらや》むような視線を嵐丸に向けている。まいったな、と嵐丸は口元を歪《ゆが》めた。それも仕方がない。麻耶は、すれ違えば誰もが一度は振り返らずにおれないほど、美しい女だ。そんな美女に擦り寄られている嵐丸は、なんと果報な奴だと思われているだろう。

とんでもない話だった。麻耶は嵐丸と同じ、盗賊だ。もともと同じ親方の元で仕込まれた仲で、子供の頃からその容姿は際立っていた。なので嵐丸も、一時は本気で惚《ほ》れかけた。

だが、麻耶はそんな甘い思いに応えるような女ではなかった。十四の時、無理やり犯そうとした兄貴分を一刺しで殺し、親方の元から消えた。その時、嵐丸は十七だったが、起きたことにただ茫然とするばかりだった。

親方は追わなかった。一人で何でもできる女だ、と既に思っていたからだろう。下手《へた》に追っ手をかけても、返り討《う》ちにされかねない、と割り切ってもいたようだった。

それが五年前のことだ。親方が討たれ、独りで仕事をするようになってから、麻耶とは何度も会っていた。盗賊仲間がバラバラになったと知って、麻耶の方から近付いて来たのだ。

最初は嵐丸もつい鼻の下を伸ばし、自分に気があるせいだとのぼせ上がったのだが、すぐに冷水を浴びた。嵐丸の獲物を、あっさり持ち逃げされたのだ。さすがに目が覚めた嵐丸は、麻耶の後を追って、まんまと獲物を取り返した。

ところが、それで逆に麻耶は嵐丸の腕を認めたようだ。次に現れた時は、一緒に仕事をしようと持ち掛けてきた。嵐丸は話に乗ったが、決して気は許さなかった。おかげで何とか、分け前を奪われずに済んだ。

そんな具合で、つかず離れず、騙したり騙されたり、といったことがずっと続いている。嵐丸もさすがに年季を積んで、簡単に騙されたりはしなくなっている。だが麻耶の色香には、時に抗し難くなることもある。それを見透かされたら、すぐに裏をかかれる。およそ油断できない相手なのだった。

麻耶はしばし、誘いかけるような目で嵐丸を見つめた。並みの男なら一発で落ちるだろうが、こちらはもう慣れっこだ。無視して酒を啜《すす》る。麻耶は、仕方ないなとばかりに小さく溜息を吐くと、囁《ささや》くように言った。

「三浦右衛門佐」

やっぱりだ。答えないでいると、麻耶は先を続けた。

「昨夜、あそこに入ったよね」

それも見られたか。だが驚くことでもない。

「だったら、何だよ」

「何を盗ったの」

「何も」

麻耶の眉が吊り上がった。嘘《うそ》つけ、とでもいうように。

「あんたほどの奴が、手ぶらで出てくるとは思えないけど」

世辞みたいな言い方だが、本気で聞いているらしい。ここは受け流す。

「気をそそられるような獲物が、何もなかった。見掛け倒しの屋敷だ。もしかする
と、お宝は他所《よそ》に置いてるのかもな」

「駿府には、他にあいつの屋敷はないよ」

「じゃあ、領地にあるのかねえ」

麻耶は鼻で嗤《わら》った。お宝は社交にも欠かせないから、置くなら駿府の屋敷に決まっ

ている。嵐丸も、承知の上で言っているのだ。

「でなきゃ、奴は世間の噂と違って清貧の堅物なんだろう」

「面白《おもしろ》くもない冗談だね」

少し苛立ったか、麻耶の目が険しくなった。そういうきつい目付きさえも男を惹《ひ》きつけるのが、この女の恐ろしいところだ。

「とにかく、あの屋敷には目ぼしい物はなかった。それだけのことだ」

満更嘘ではない。あの絵図以外に、どうしても欲しい、と思うほどの品は見つけられなかった。それは納戸を調べる暇がなかったから、というのが理由だが。

これ以上食い下がられても面倒だ。嵐丸は急いで残りの酒を飲み干すと、「じゃあな」と言って座を立った。

「あらま。この私を袖にするなんて、憎たらしい人」

立ち上がり際に、麻耶が耳元で言った。またぞくりとしたが、袖を摑《つか》まれないうちに土間に下り、素早く通りに出た。麻耶は追いかけてはこなかった。

通りを歩きながら、考えた。麻耶は俺を見張っていたのか。いや、麻耶自身が三浦右衛門佐の屋敷を狙っていたのでは。それで、俺が先んじて何かを奪ったか、確かめないわけにはいかなかったのだ。

思わず嵐丸は懐に手を当てた。もしや、麻耶の目当ては絵図だったのではないか。とすれば、何も知らずに忍び込んだ俺は、ずいぶんと間抜けだ。麻耶は絵図とは一言も口にしなかったが、嵐丸が絵図のことを知っているかどうかわからない以上、当然だろう。

この按配《あんばい》なら、他にも絵図を狙う奴がいるかもしれない。それに気付くと、嵐丸は厄介なことに手を出したかも、と後悔した。だが、こうして手に入れてしまったのだから仕方がない。何とかこれを金にして、さっさと手仕舞いしなくては。

あれこれ考えながら歩いていると、旅の僧にぶつかった。慌《あわ》てて詫《わ》びを言うと、相手の方が却《かえ》って恐縮し、旅の無事を祈ってくれた。取り敢えず礼を述べ、頭を上げたところで、目の隅に何か覚えのあるものが映った。はっとして目を凝《こ》らす。

見たものが何かわかって、ぎくりとした。昨夜、書院に忍び込んで絵図を写し取ったあの侍だ。こんなところで出くわすとは。

侍は角を曲がり、右手の方へ行った。嵐丸は真っ直ぐ行くつもりだったが、そこで考えた。懐にある絵図の写しを売るにしても、あの侍が絵図を持ち込む先と重なったりしたら具合が悪い。もう手に入れたから要らんと追い返されるか、下手をすると口封じに始末されるかもしれない。

やはりこのままでは拙い。あの侍がどこと通じているか、確かめておかねば。嵐丸は意を決して、侍の後を追うことにした。

ところが、忽《たちま》ち行き詰った。件《くだん》の侍は、二度ばかり角を曲がるうちに見えなくなってしまったのだ。撒《ま》かれたかと思った嵐丸は慌てて駆け回ったが、侍の姿はどこにもなかった。奴も危ない橋を渡る以上、尾《つ》けられないよう用心していたに違いない。

嵐丸は「くそっ」と吐き捨て、地面を蹴った。駿府に何日も居続けるのは危ないので、できれば今夜にも出て行きたい。それまでにあの侍を見つけ出せるだろうか。

嵐丸は周りを見回した。幸い、嵐丸に注意を向けている者はいない。気を取り直し、焦っていると見えない程度の足運びで歩き出した。どこを捜すかについて当てはないが、あいつも町なかで目立った動きはしないだろう。誰かと繋ぎを付けるなら、町外れの人目の少ないところだ。そう考えた嵐丸は、街道の方へ向かった。

しばらくの間、東海道筋を調べてみた。ここは行き交う者も多く、他領から訪れる者も数多《あまた》あるので、目立たずに繋ぎの相手と接触することも容易のはずだ。だが日が傾きかける頃まで探っても、あの侍の姿は捉えられなかった。

見立て違いか、と思った嵐丸は、考えを変えて北に向かった。駿府の北側には安倍《あべ》川に沿って南北に尾根を延ばす賤機山《しずはたやま》があり、その南端に駿府で最も由緒ある社、浅《せん》間《げん》神社がある。その奥に半里ほども行くと、今川家の菩提寺である臨済寺《りんざいじ》の伽藍《がらん》が並び、さらにその裏の山頂には、今川の詰城《つめじろ》である賤機山城が築かれている。

そちらへ続く道は他国へ通じるものではないので、さして人通りはないが、武家や僧の行き来はあり、あの侍が通っても目立ちはしない。しかも山道なので周りは大木が鬱蒼《うっそう》と茂っており、身を隠す場所も多い。賤機山への道に踏み入った嵐丸は、ここだと直感した。

日は既に、山《やま》の端《は》にかかり始めていた。暗くなる前に奴を見つけねば、と思い、嵐丸は足を速めた。奴はもう既に用を済ませ、去っているとも充分考えられたが、何かしら手掛かりでも見つかるのを願うしかない。

浅間神社の脇を過ぎ、道が上りにかかるところで、人だかりがしていた。侍が二、三人と、参拝に来たらしい百姓町人が数人。嫌な予感がした嵐丸は、そちらに近付いて一番後ろにいた年嵩《としかさ》の町人に話しかけた。

「何かあったんですか」

年嵩の隠居風の男は、皺《しわ》の刻まれた顔を向けてぼそっと言った。

「侍が、斬られとる」

ああ、と顔を顰め、嵐丸は身を乗り出して道の脇の茂みの方を覗き込んだ。うつ伏せに倒れた侍が見えた。顔は見えないが着物は間違いなく、嵐丸が追っていた相手のものだった。嵐丸は唇《くちびる》を嚙《か》んだ。遅かったか。

軽輩らしい侍が、死骸を囲んでいる。六尺棒を持っているので、市中見回りなどを行っている番方の足軽だろう。戸板が木に立てかけてあり、死骸を運び出すのに誰かを待っている、という様子だ。

「殺されたのは、今川のご家中のお方でしょうか」

さりげなく聞いてみる。隠居風の男は、嘆《なげ》くように頭を振った。

「そうらしいのう。駿府の町で、このような無法なことが」

言ってから、小声で付け足した。

「太守様がおられた時には、こんなことは起きなんだに」

隠居はこれが追剝《おいはぎ》か何かの仕業と思っているようだ。先代の義元公が治めていた時には、駿府で押し込みや追剝のようなことは許さなかったのに、代替わりしてからは物騒になった、と言いたいのだ。町衆の間でも氏真は頼りないとの不満が広がっているのは、やはり確かなようだ。

そうですなあ、と小声で相槌《あいづち》を打った時、後ろで何人かの足音がした。振り向くと、三人ほどの侍がこちらに踏み込んでくるところだった。嵐丸ら町衆は左右に寄って道を空け、足軽たちが背筋を伸ばして一礼した。

新来の侍の一人が一歩前に出て、三浦右衛門佐の家来だと名乗った。足軽の頭《かしら》が恐れ入った様子で改めて頭を下げる。

「これは当家の者に間違いない。死骸を引き取るので、屋敷まで運ぶように」

三浦の家来が命じ、足軽たちは死骸を戸板に乗せて筵《むしろ》をかけた。家来の一人が手を貸し、四人がかりで戸板を持ち上げると、見ていた者たちに「要らぬ噂を振り撒いてはならぬ」と釘を刺してから、一団となってその場を去っていった。怪しい奴を見なかったか、などと詮議する様子は全く見せなかった。

町衆と百姓たちは、関わり合いになりたくないとの気持ちからか、死骸を運ぶ連中からだいぶ間を置いて、その場を離れた。嵐丸もその殿《しんがり》についた。

道を下りながら、嵐丸の胸中はひどくざわついていた。あの侍は、誰にやられたのか。絵図を渡した相手が、用済みになった侍を始末したのか。それとも、裏切りに気付いた右衛門佐か今川本家の手の者の仕業か。絵図の写しはまだ奴の懐にあるのか、既に誰かに渡されたのか。

思わずまた、自分の懐に手を当てていた。この先どう動くか、少し慎重に考えた方が良さそうだ。

「おい、ちょっと」

いきなり背後から声をかけられた。考え込んでいたところだったので、竦《すく》み上がりそうになる。いったい誰だと足を止めると、自分より四つ五つ年上と見える侍が、薄笑いを浮かべて近寄って来た。今まで見えなかったのは、死骸があった場所と道を挟んで反対側の木の陰に、身を潜めていたからだろう。

「はあ、何かご用でしょうか」

間の抜けた感じを装って、聞いてみる。相手は薄笑いを消さずに言った。

「お前さん、何者だい」

何者だと？　こっちが聞きたいところだ。

「手前は気賀湊《けがみなと》で反物《たんもの》を商っております。五郎兵衛《ごろべえ》と申しまして、駿府へ商いに参りましたところ……」

そこまで言うと、侍は高笑いした。

「ははっ、そんな与太話は要らんよ。ただの商人じゃないことは、とうに見当が付いてる。お前、さっき殺されてた侍を尾けようとして、撒かれてからずっと探してたろ」

ちっ、と嵐丸は舌打ちした。町なかから、ずっと見張られてたわけか。

「織田か武田の乱波《らっぱ》か何かか、と思ったが、どうも隙があり過ぎるな」

馬鹿にするなと言いたいところだが、現に気付かぬままここまで見張られていたのだから、反論できない。

「大きなお世話だ。あんたは右衛門佐の家来か」

侍はかぶりを振った。

「いいや、牢人だ。沢木《さわき》四郎三郎《しろうさぶろう》という」

「牢人だと？　駿府で何をしてる。て言うか、何でここにいる」

詰め寄ったが、沢木は面白がるように鼻を鳴らした。

「俺が名乗ったんだから、まずそっちも名乗れよ」

嵐丸は躊躇《ためら》った。が、商人でないことはとうに見抜かれているのだから、偽っても意味がない。

「嵐丸だ」

「ふむ。盗人か何かか」

「まあ、そんなもんだ」

やっぱりな、と沢木が笑った。

「それであんたは……」

もう一度聞こうとしたが、沢木は、まあまあ、と手を振った。

「そう急ぐな。往来で立ち話も何だ。こっちへ入ろう」

沢木は浅間神社の裏口を指し、そちらへ歩き出した。何なんだこいつは、と嵐丸は苛立ったが、どうも只者《ただもの》とは思えない。おとなしく従って、境内《けいだい》に入った。

三

もう夕暮れが近いせいか、境内に参詣人の姿はなく、がらんとしていた。沢木は慣れた様子で本殿の裏手に回り、何かの建物の縁側に腰を下ろした。嵐丸も黙ってその隣に座る。

「殺された奴だが、草崎庄兵衛《くさざきしょうべえ》という地侍だ」

沢木は前置きも何もなしに、いきなり言った。

「地侍か。三浦右衛門佐の直臣《じきしん》ではないんだな」

「ああ。元は三河の出でな。しばらくは松平の下に付いてたんだが、松平が今川に付いた後、駿府に来て三浦の下に入ったんだ」

「やけに詳しいな」

嵐丸は訝《いぶか》しむ目を向けた。

「もしやあんた、その草崎に目を付けて見張ってたのか」

「ああ、そういうことだ」

沢木はあっさりと認めた。

「いったいどうして……」

まあそう先を急ぐな、と沢木は嵐丸の腿《もも》を叩いた。

「三河にはいろいろ知り合いがいてな。草崎の縁者もその中にいる。三月ほど前、その縁者から耳寄りな話を聞いたんだ」

「草崎についてか」

「ああ。一旦右衛門佐の下に入った草崎だが、近頃の右衛門佐や今川の御屋形の噂は、聞いてるだろ」

「遊興にふけり、惰弱になっていると」

「尾鰭《おひれ》が付いているが、半ば以上は本当だ。それで草崎は今川を見限り、三河に帰ろうと考えた」

「今川から離反した松平に、出戻ろうというわけか」

沢木が、そうだと頷く。

「黙って松平を離れて右衛門佐の下に付いたことで、松平の家臣らをだいぶ怒らせたらしい。そこで、出戻るに当たって手土産を用意することにした」

ああ、と嵐丸も腑に落ちた。その手土産が、金山の絵図というわけだ。

「草崎が首尾よく盗み出せたかどうかは、わからん。だが右衛門佐が追っ手を出して草崎を殺したところを見ると、盗み出せはしたが取り返された、と見るべきだろう」

「草崎は右衛門佐の配下に殺されたのか」

沢木は、当然だというような顔をしたが、嵐丸は首を傾げた。

「だったら、殺したその場で死骸を片付けるか持ち帰ればいいのに」

「しばらく放置して騒ぎになるように仕向け、駿府に入り込んでいる松平の乱波に見せつけたんだろう。裏切りは許さん、となく」

今川氏真は、松平元康の離反に激怒していると聞く。側近の右衛門佐としては、自身の配下から松平に寝返る者が出たなら、見せしめにすることぐらいは考えるだろう。と言って、おおっぴらにさらし首にすると、自身の恥もさらすことになる。それで少々面倒なやり方をしたのだ、と沢木は言った。

「では、絵図は右衛門佐の手元に戻ったんだな」

これは嵐丸には好都合だった。右衛門佐も、まさかもう一人絵図を写した者がいたなどとは、考えもしまい。

内心でにんまりしていると、いきなり沢木が冷水を浴びせた。

「で、お前さんも右衛門佐の屋敷に忍び込んだんだろ」

「な、なぜそう思う」

「自分で盗人だと言ったじゃないか。駿府に来たのは、まさか今川館を狙ったわけじゃなかろうから、その周りの重臣屋敷が狙いだろ」

「大商人の店かもしれんだろうが」

「だったら、草崎を追い回す理由がない。お前は右衛門佐の屋敷で、草崎の盗みを目にしたんじゃないのか」

図星である。この沢木という男、思ったより頭が回るようだ。背中に汗が浮いた。

「ほい、出してみな」

沢木が嵐丸の目の前に、手を突き出した。

「だ、出せって何を」

「絵図だよ。写しを持ってんだろ」

「どうして俺が」

「俺の方からは絵図とはひと言も言わなかったのに、お前さっき、絵図は右衛門佐に戻ったんだな、て言ったじゃないか」

嵐丸は自分で自分をぶん殴りたくなった。俺としたことが、とんでもない失態だ。

「右衛門佐の屋敷は、駆け出しの盗人が入れるほど甘い所じゃない。お前、相当な手練れだろう。そんな奴が絵図を目にしたんなら、そのままおめおめと引き上げたとは思えない」

嵐丸は、ふうっと大きく溜息をついた。まったく抜け目のない男だ。

それでもしばらく考えたが、誤魔化せそうにはなかった。嵐丸は胸を叩いた。

「ここにある」

沢木が、そう来なくちゃ、とニヤリとする。

「横取りする気か。お前が草崎に代わって、これを手土産に松平家で取り立ててもらおうってんだな」

嵐丸は懐を押さえて、沢木を睨みつけた。脇差は持っているが、奪い合いになれば沢木の方が強いだろう。それでも逃げ足の方は、こちらがずっと速いはずだ。

「おいおい、勘違いするな」

沢木は慌てたように言った。

「取り上げようってんじゃないんだ。手を組まないか、って話さ」

「手を組む、だと」

何を言ってるんだ、と呆《あき》れかけたが、沢木は本気のようだ。

「いや、どうせなら金山そのものを確かめてから、松平に教えてやった方が値打ちがあるんじゃないか、と思ってね」

「金山を確かめる？」

そこまで嵐丸は考えたことはなかった。

「絵図が偽物かもしれないから、か」

「俺は本物だと思っているが、松平家の連中が絵図を見ただけで信じるかどうかは、わからん。今川の計略だと思って、俺たちを斬ったりしないとは言えんだろ。自分の目で確かめた上で、証《あか》しとして鉱石の一つでも持っていけば、完璧だろうが」

なるほど、筋は通っている。だが、言うほど簡単に行くとは思えなかった。

「もしかしてあんた、草崎が絵図を盗むのを待って、組もうと持ちかける気だったんだな。それで駿府に来て、ずっと草崎の動きを見張ってた。だが草崎は殺されちまったんで、俺に乗り換えることにした。そういう話か」

「あー……まあ、かいつまんで言うと、そうだ」

沢木は頭を掻いた。虫のいい奴だ。

「金山には山番の兵が置かれているだろう。俺一人じゃ、いささか心もとない。だがお前と組めば……」

「断る」

嵐丸は、きっぱりと言った。

「あんたの言う通り、山には兵を置いてるだろう。なら、二人だって無理だ。俺はそこまで危ない橋を渡る気はない。手っ取り早くこいつを金にする。無論、俺一人でだ」

「そうか」

沢木の顔が、僅かに歪んだ。

「力ずくで、と言ったら」

沢木は腰の刀に手を掛けた。だがその寸前、嵐丸は縁側の板を蹴って社殿の屋根に跳んでいた。屋根から顔を出すと、沢木は啞然とした顔で嵐丸を見上げていた。

「おうい、待ってくれ。力ずくなんて本気じゃないんだよ。謝るから、下りてきてくれ」

沢木はすっかりうろたえている。嵐丸はそんな沢木に笑みを向けると、「あばよ」とひと言告げて、さっと屋根の先の太い杉の枝へ飛び移った。

駿府の町に戻った時には、既に日が落ちていた。表通りは灯《ひ》を灯《とも》した店もあり、まだ人通りはある。日のあるうちに駿府を出ようと思っていたのに、沢木のおかげで段取りが狂ってしまった。

まったく厚かましい男だ、と嵐丸は苦々しく思った。刀に手を掛けたのは本気じゃない、とは言っていたが、鵜《う》呑《の》みにはできない。嵐丸の動きを見て、思ったより手強そうだと承知し、取り敢えず矛《ほこ》を収めただけだろう。絵図を諦めるつもりはあるまいが、今のところ尾けられている様子はなかった。

とにかく、さっさと駿府から遠ざかるに限る。嵐丸の足は、ついつい速くなった。

「そんなに急がないでよ」

耳のすぐ後ろで、囁くような声がした。嵐丸は舌打ちした。麻耶だ。いつの間にか、背中に張り付かれている。

「やっぱり、何か手に入れているね」

ぴったり体を寄せて歩きながら、麻耶が言った。通りかかる連中からは、遊女が客を摑まえているように見えるだろう。

「何もなかった、と言ったろ」

「嘘。あんたが手ぶらで駿府を出ようとするはずがない。昨夜何も盗れなかったなら、今夜他を狙うでしょう。それをしないで出て行くのは、それなりの獲物があったから」

しつこいな、と嵐丸は顔を顰めた。これだけ執着するのは、やはり嵐丸の懐にあるものが何か、知っているからでは。とすると、振り切るのはなかなか難しい。

「出し惜しみしないで教えてよ。今すぐ分け前を寄越せなんて言わないから。あんたとあたしの仲じゃない」

麻耶は嵐丸の耳に息を吹きかけた。思わず股間がびくりとする。くそっ、何があんたとあたしの仲だ。気を許したおかげで煮え湯を飲まされそうになったのは、一度や二度ではない。

「だから、ないって言ってるだろうが」

突き放すように言ったところで、人通りが途切れた。機を逃さず、嵐丸は一瞬で麻耶を振り解くと、路地の暗がりに身を躍らせた。そのまま音も立てず、飛ぶように暗がりを走り抜ける。麻耶が慌てて追う足音が聞こえたが、闇に紛《まぎ》れた嵐丸の姿は、もう捉えられまい。

町を後にした嵐丸は、東海道筋から少し北に外れた丘の麓《ふもと》にある、古寺に入った。昨晩のお堂はもう危なかろう、と考え、場所を変えたのだ。廃寺ではないが半ば打ち棄《す》てられた寺で、近傍の住職がたまに見回りにくるだけだ。仏像が置かれたままの本堂は鍵が掛けられているが、嵐丸にとってこんな場所への忍び込みは、朝飯前だった。普段は野宿だが、用心が必要な時に人知れず夜を過ごすため、幾つか目を付けてある場所の一つである。

本堂に入った嵐丸は板敷きに積もった埃《ほこり》を払い、仏様に挨拶《あいさつ》してから胡坐《あぐら》をかいた。沢木のせいで晩飯を食い損ねたので腹が鳴ったが、仕方がない。一息ついたところで懐から例の絵図を出し、竹筒の灯具に火を点けてもう一度改めた。

元の絵図と寸分違わない、という自信はある。隠し金山の在り処を示すものだということも、裏付けられた。沢木と話している時、嵐丸はうっかり「絵図」と口に出してしまったが、沢木自身も「金山」という言葉を、自分から口にしていたのだ。あの男、抜け目ないようでどこか抜けているのかもしれない、と嵐丸は独りで嗤った。

さて、これで絵図の値打ちは一段と上がった。売り込みの商売敵《がたき》になりそうだった草崎は、始末された。このまま沢木を振り払うことができれば、万事うまくいく、と嵐丸はほくそ笑んだ。麻耶は厄介だが、どうしてもとなれば、多少の分け前を渡して黙らせることはできるだろう。

嵐丸は満足し、灯具の火を消すと、外に怪しい気配がないか確かめてから、横になった。草崎と沢木に段取りを狂わされて気疲れしていたので、すぐに寝入ってしまった。


「嵐丸さん、嵐丸さん、起きて下さいな。もう朝ですよぉ」

耳元で、甘ったるい声がした。嵐丸は、うーんと身じろぎした。はて、俺は遊女屋に泊まっていたのだったか。

一気に目が覚めて、跳《は》ね起きた。目の前に座った麻耶が、微笑んでいる。

「お疲れねぇ。添い寝してあげてたのに、全然気付かないなんて」

「何が添い寝だ。どうせ今さっき、入り込んだばかりだろう」

麻耶はくすくすと笑った。その笑顔と仕草の愛らしさには、どんな男も抗《あらが》えない。

ただし、嵐丸を除いて。

「何しに来たんだ。まさか本当に添い寝したくて来たんじゃあるまい」

睨みつけてやると、麻耶は笑顔を崩さないまま、右手を持ち上げてつまんだ紙をひらひらと振った。あっと思って懐に手をやる。何もなかった。絵図は嵐丸の懐から、麻耶の手の中に移っていた。

「返せ！」

思わず叫んで手を突き出したが、冷笑が返って来ただけだった。

「何もなかったなんて、やっぱり嘘じゃない。さあこれ、何の絵図か教えなさいよ」

「俺の獲物だぞ。何を図々しいことを言ってやがる」

「あんたの獲物だけど、今はあたしの手にあるじゃない」

嵐丸は歯軋りした。隙を見て取り返したいところだが、麻耶が相手では簡単には行かない。手を伸ばした途端、麻耶は外に飛び出して二度と戻るまい。

「ほらほら、返してほしかったら喋《しゃべ》りなさい」

麻耶はこれ見よがしに絵図を振った。嵐丸は憤然としたが、こうなっては仕方がない。苦虫を嚙み潰した気分で、言った。

「今川の隠し金山だ。遠江の山にあるらしい」

「へえ、やっぱりねえ」

麻耶は絵図に目をやり、得心顔になった。

「で、これをどうするつもり？　どっかに売り込むの？　松平とか織田とか武田とか」

麻耶は絵図を折り畳み、身を乗り出してきた。小袖の合わせ目が開き気味で、胸の谷間がちらちら見える。こいつ、わざとやってるのか。

「ま、まあ、そんなところだ」

ふうん、と麻耶は小馬鹿にしたような声を出す。

「つまんないなあ。当たり前過ぎて」

つまんない、だと。嵐丸はむっとした。

「他に何か、やろうってのか」

「だって、金山なんだよ。そこへ行けば、金が一杯あるんでしょ」

何を言ってるんだ。嵐丸は呆れた。

「掘り出した金だぞ。正しくは、金が含まれた石ころだ。そんなもの、盗る気なのか」

「砂金じゃなくて、石なの？」

麻耶は首を傾げた。金山と言っても、川で採れる砂金が主だというところは多い。だが、絵図で見る限り、この金山には川が示されていなかった。なので嵐丸は、山から鉱石を掘り出しているに違いないと読んだのだ。

麻耶は再び絵図を広げて掲げ、金山の場所を指で突いた。

「でも石ころのまま、駿府へ運ぶんじゃないでしょ。この建物で、選《よ》り分けるんじゃないの」

嵐丸は呻いた。麻耶の言う通りだ。金が含まれた石から金を取り出すことは、火で溶かすなどの方法を使って金山で行われる。ある程度の純度になったものを、駿府へと運び出しているはずだった。運び出し前の荷を狙えば、大変な稼ぎになる。

「だからと言って、そこを狙う気か。警護の兵が、どれほどいるかわかってるのか」

沢木にも言ってやったが、山番の兵たちは金山が知られることだけでなく、金が盗まれることも当然、警戒している。そこへ入り込めば、飛んで火に入る夏の虫だ。

「やり方はあるでしょう」

「気軽に言うな。命あっての物種だ」

危ない橋を渡らずに金になるなら、それに越したことはない。当然の話だが、麻耶はそれを聞いて大きな溜息をついた。

「あァ情けない。音に聞こえた嵐丸ともあろう者が、こんな大きなお宝を前に怖気《おじけ》づくなんて」

「怖気づくとは何だ。君子危うきに近寄らず、って諺《ことわざ》を知らねえのか」

「誰が君子よ。盗人は腕と度胸で勝負するものでしょ」

嵐丸は、ぐっと言葉に詰まった。

「それにさ。絵図を売り込むにしても、証拠となる金を一緒に持ってった方が、値打ちが上がるでしょ。よしんば金を手に出来なくても、金山まで行ったなら、後で道案内が出来る。絵図だけよりよっぽど役に立つと思わない？」

鋭い所を衝《つ》いて来る、と嵐丸も思わざるを得なかった。確かに麻耶の言うことも、間違ってはいない。あの沢木という侍も、似たようなことを口にしていたのだ。

嵐丸はしばらく考えた。麻耶は期待する顔で、じっと待っている。正直、考え始めた時点で麻耶の術中に嵌《はま》っている、とは思ったのだが、もう仕方なさそうだ。

「……こいつはいけない、と感じたら、すぐに手を引くからな」

麻耶の顔が、ぱっと明るくなった。

「じゃあ、金山までは行くのね」

ああ、と嵐丸は不承不承、頷いた。

「もし隙があったら、金も頂戴するわね」

半ば投げやりに、これにも「ああ」と返事した。

「それでこそ嵐丸！」

麻耶は嬉しそうに手を叩いた。

「だから絵図、返せよ」

嵐丸は手を差し出したが、麻耶は絵図を寄越さなかった。

「一緒に行くんなら、あたしが持ってたって同じでしょ」

「お前はどうも信用ならん。いつ掌《てのひら》を返すかわからんからな」

今までのお前を見てたら、誰だって思うだろ、と言ってやる。麻耶は「まあ酷《ひど》い」と膨《ふく》れっ面をしたが、そうまで言うなら返してあげる、と絵図を手渡した。嵐丸はしげしげとそれを見てから、懐にしまった。

「すり替えたりなんか、してないよ」

麻耶が笑った。

「お前相手じゃ、常に用心してかからないとな」

「褒《ほ》めてんの、けなしてんの」

麻耶はもう一度笑うと立ち上がり、外へ向かって呼ばわった。

「沢木さぁーん、話、ついたよ」

外から、おおそうか、と応える声がして、本堂の戸が開いた。麻耶が鍵を外してあったらしい。沢木四郎三郎が薄笑いを浮かべながら、本堂にのっそり入って来た。

「やあ嵐丸。話に乗ってくれて、ほっとしたよ。よろしくな」

畜生め、と嵐丸は沢木を睨みつけた。大方こんなことじゃないか、とは思っていたのだ。

四

三人は身なりを整えて、古寺を出た。商人姿の嵐丸と、金回りの良さそうな牢人風の沢木。どこで用意してきたのか、笠と杖を持った麻耶。商家の番頭とお嬢様、あるいは商人の若夫婦に、用心棒の牢人という格好だ。一人で歩く商人より、却って乱波などと怪しまれぬようになった、とは認めざるを得なかった。

「で、まずどこへ向かう」

のんびりした調子で、沢木が聞いた。懸川だと嵐丸は答える。

「絵図の道筋は、懸川から出発しているからな」

「そこからは、絵図の通りに進めばいいんだな」

沢木はだいぶ簡単に考えているようだ。そこまで楽じゃない、と嵐丸は釘を刺した。

「隠し金山である以上、山に近付けば道がわかり難いよう、細工が施してあるだろう。たぶん、今川の山番にしかわからない目印があって、それに従って行かないと辿《たど》り着けないようになっているはずだ」

「絵図にそういう目印は、描いてないのか」

沢木は驚いたように言った。そんな簡単な話なら、苦労はない。

「それじゃあ、隠している意味がないだろう」

もっともだが、と沢木は首を捻る。

「ならどうやって、道を捜し出す」

「まあ任せろ。ちょっと心当たりがある」

どんな、と聞きかける沢木をはぐらかして、代わりに言った。

「あと二里ほどで懸川だ。四郎三郎、あんたちょっと先に行って、泊まるところを捜しておいてくれ」

何、俺がか、と沢木は面白くなさそうな顔をした。

「あんたは俺たちに雇われた用心棒って役回りだ。俺たちが安心して泊まれる場所を見繕《みつくろ》うのも、仕事の一つだろう」

そんな理屈があるか、と沢木は文句を言ったが、まあいい、と終いには承知した。

「ちゃんとした宿だぞ。女連れの金のありそうな商人が、野宿や空家泊まりってわけにはいかんからな」

わかったわかった、と沢木は手を振り、足早に先の方へ歩いて行った。

沢木の後ろ姿が小さくなってから、嵐丸は麻耶に聞いた。

「あの野郎とは、どこで知り合った」

「駿府で」

麻耶は短く答えた。

「だから、駿府でどうやって」

麻耶は軽く肩を竦めた。

「あんたを見張ってたら、あいつもあんたに目を付けてるのがわかった。それで尾けて、浅間神社で話すのを聞いた」

あそこにいた？　全く気付かなかった。

「どこにいたんだ」

「社殿の床下」

あたしの方が上手でしょう、とばかりに麻耶はニヤリとして見せる。嵐丸は嘆息するしかない。

「で、絵図のことを聞いて、沢木を追いかけて組もうと持ちかけたのか。どうしてだ」

「あいつは今川の事情に詳しい。それに侍が一人いれば、金山に近付く時に何かと便利でしょう」

まあ確かに、刀の腕が入り用になった時は、役に立つだろう。あいつは牢人にしては身なりがいいから、今川家中の侍を騙《かた》ることもできそうだ。

「しかし、簡単に信用していいのか」

何を言ってるの、と麻耶は可笑《おか》しそうに笑った。

「三人とも、お互いに信用なんか初めからしてないじゃない」

ごもっとも。金山に着くまで、互いに利用しようということだ。

「四郎三郎も、よくお前と組む気になったな」

「だって、あたしに誘いをかけられて断るのは、天下であんたくらいのものよ」

麻耶は、ふふと艶《なま》めかしく笑った。その通りだ。そうして麻耶に踊らされた男は、尻の毛まで抜かれる。色香に迷ってよからぬことを仕掛けた者は、皆どこかの叢《くさむら》で骨になっている。沢木もそうした一人に、名を連ねることになるのだろうか。

「とにかく今は仲間なんだから、邪険にしないでよね」

麻耶が軽く唇を突き出して、言った。それはまあ、そうだ。嵐丸は、わかったよと言ってすっと手を回すと、麻耶の尻を撫でた。

「調子に乗るんじゃない」

いきなり麻耶の杖が、嵐丸の顎を突いた。「痛ッ」と顔をのけぞらせると、麻耶が子供みたいに笑った。

懸川は今川の家老の一人、朝比奈《あさひな》備中守泰朝《びっちゅうのかみやすとも》が城主を務める重要な城で、そこそこの城下町もある。町に入ると、一番立派なものらしい宿屋の前で、沢木が待っていた。

「まともそうな宿は、ここぐらいだ。飯も酒もちゃんと出るし、湯殿もある」

わかったと言って宿に入ると、主人が一番奥の部屋に案内してくれた。

「何かあったら、裏からすぐ逃げられる部屋を選んでおいた」

沢木が嵐丸に囁いた。そうしたことをちゃんと考えているのは、さすがだ。

数日ぶりの湯浴みでさっぱりし、飯を済ませた後、三人で酒を囲んだ。沢木が近くに人の気配がないのを確かめてから、「さて」と言った。

「ここから北の方に向かうんだな」

そうだ、と嵐丸が頷く。

「秋葉山《あきはさん》を通って信濃《しなの》の塩尻郷《しおじり》へ続く街道が、ここから出ているだろう。しばらく、あれを行く」

「絵図によると、だいたいはその、秋葉山への街道を行けばいいみたいね。秋葉を越えてから、ちょっと逸《そ》れて奥に入るのかな」

麻耶が言った。「その通りだが」と嵐丸は声を低めた。

「途中で、寄るところがある」

「立ち寄る？　何があるんだ」

沢木が怪訝《けげん》な顔をした。嵐丸は絵図の写しを出し、一点を叩いた。

「この辺に、一宮荘《いちのみやしょう》がある。国衆の、武藤刑部《むとうぎょうぶ》が治めている」

「うん、知っている。そこに何か」

「この地に、孝左衛門《こうざえもん》という者がいるはずだ。そいつに会う」

いきなり知らない名が出て、沢木は驚きを見せた。

「何者だ、そいつは」

「この絵図を描いた当人だ」

何だって、と沢木は目を剥《む》いた。

「どうしてそれを知っている」

「絵図に書いてあったからさ」

沢木は一瞬、ぽかんとしてから、絵図の写しに目を落とした。それから、ははあと顎を掻いて嵐丸をじろりと見た。

「本来の絵図には、書き込んであったのか。写しを作る時、わざと書かなかったな」

「そうだ。用心のため、ここに入れておいた」

嵐丸は自分の頭を指した。

「なるほど。抜け目がないね」

麻耶が笑みを浮かべる。

「ご丁寧に名前が入っていた、ということは、絵図について描かれてある以上の詳しいことは、そいつが知っていると暗に示したものだろう。一目でわかる目印などを描き込むより、孝左衛門に聞け、というわけさ」

嵐丸が言うと、麻耶もなるほどという顔をした。

「で、家までわかるの」

「いや、絵図には一宮孝左衛門とだけ書かれていた。だが、行けばわかると思う」

「一宮は氏名《うじな》か。それだけで一宮荘に住まうと決められるのか」

「金山への道筋で、一宮という土地はそこしかないからな。急いで調べた限りでは、一宮孝左衛門という者は駿府にはいない」

沢木は得心したものか迷うような顔をして、聞いた。

「そこへ行って孝左衛門とやらに、金山への詳しい行き方を聞くのか」

そういうことだ、と嵐丸は答える。

「すんなり教えてくれるとは思えないけど」

麻耶が首を傾げた。

「留守を狙って家捜しすれば、手掛かりの一つくらいあるだろう」

うーんと麻耶が唸った。

「いっそ力ずくで吐かせるとか」

「それはいい手じゃないな。今川に恩義のある男なら、責めても吐くまい」

「でも、家捜しで何も出なかったらどうするの」

麻耶が不満そうに言ったところで、しばし考えていた沢木が口を開いた。

「いや……うまくいくかもしれん」

え、と麻耶が訝る。

「どうしてそう思うの」

「一宮の領主の武藤だが、裏で武田に通じているのでは、という噂がある」

ほう、と嵐丸が眉を上げる。

「そういうことには、やはり詳しいな。で、武田と通じていればどうだと」

「孝左衛門が今川の忠実な臣なら、隠し金山のことを知っている身で、武藤の足下に居続けるとは思えん。駿府に移っているんじゃないか」

ははあ、と麻耶が腑に落ちた様子で沢木を見た。

「孝左衛門も今川を見限っているかも、というわけね。一宮に行ってみて、孝左衛門がそこに住み続けていたなら、それはあり得ると。なら、うまい具合に話を持ちかければ、こちらの思惑に乗ってくるかもしれない」

「まあ、そういう見方もできる、ということだ」

沢木がやや控えめに言った。だが麻耶は、その気になったようだ。

「それなら、一宮に行くだけの値打ちはあるね」

沢木も「たぶんな」と呟《つぶや》いた。

「よし。じゃあ、明日朝ここを発って、一宮に行く。昼過ぎには着けるだろう」

嵐丸が言うと、沢木も麻耶も頷いた。

五

嵐丸が言った通り、三人は昼過ぎには一宮荘に入った。武藤屋敷にはできるだけ近寄らず、農家に行って孝左衛門のことを尋《たず》ねることにする。

畦道《あぜみち》で休んでいた年嵩の百姓に、声をかけた。自分たちのことは、駿府で商いをした後、秋葉権現に参って気賀湊に帰るつもりで、昔世話になったことのある孝左衛門に挨拶していこうと思った、と話した。初老の百姓は疑う様子もなく、孝左衛門が村外れの一軒家で娘たちと暮らしている、と教えてくれた。嵐丸は安堵し、丁寧に礼を言ってすぐに教わった家に向かった。

その家は、村の家々が固まったところから、東に二町ほど行ったところにあった。割合に大きな藁葺きの家で、塀や堀のようなものはなく、身を護る構えにはしていない。牛と鶏《にわとり》の鳴き声が聞こえるので、暮らし向きは悪くなさそうだ。

嵐丸は周りを窺いつつ、家に近付いた。誰からも見張られているような気配はない。すると、表側の板戸が開いて、若い女が一人出て来た。孝左衛門の娘だろう。娘は嵐丸たちに気付くと、驚いたような顔をした。普段、余所者《よそもの》が訪れることなどまずないのだろう。

「お邪魔をいたします。孝左衛門さんのお家は、こちらでしょうか」

嵐丸は頭巾を取って挨拶した。少し当惑した様子の娘は、「そうです」と答え、嵐丸たちを探るように見つめた。

「怪しい者ではございません。気賀湊の荒戸屋《あらとや》五郎兵衛と申します。昔孝左衛門さんにお世話になったことがございまして、この地を通りがかりにご挨拶をと思った次第で」

荒戸屋五郎兵衛、とは商人姿の時にしばしば使う仮の名だ。娘は首を傾げたが、お待ち下さいと言って一度中へ入った。そのまま待っていると、娘はすぐに出て来た。

「あの、父は心当たりがないようですが、どこでお会いしたか、と」

「この北の、秋葉の奥の山の方で、と言っていただければ」

娘の顔が明らかに強張《こわば》り、さっと身を翻《ひるがえ》して家の中に消えた。沢木が嵐丸の袖を引く。

「おい、大丈夫か。いきなり金山の関わりと匂わせたようなもんじゃないか」

いいんだ、と嵐丸は言った。

「あまり遠回しに進めても時が無駄になる。今のを聞いて、叩き出されたり刀を持った物騒な連中が出てきたりしたら、奴は今川を見捨ててはいないってことだ。そうなりゃ、別の策を考える。だが、おとなしく会おうと言うのなら……」

言い終わらぬうちに、また娘が出て来た。嵐丸たちに向かって、頭を下げる。

「お入りください。父がお会いします」

よし、脈ありだ。嵐丸は沢木に笑みを向けた。


孝左衛門は、囲炉裏の向こう側に座ったまま嵐丸たちを迎えた。年の頃五十近く。髪は半ばまで白く、だいぶ薄くなっている。顔は色黒で、小柄だが意外にがっしりした体つきで、手はごつごつとしている。絵師の手ではない。金掘人足だったわけではなかろうが、自らも山で何らかの仕事をしていたのだろう。

孝左衛門の右には、今しがた応対した娘が座っていた。左側には、娘がもう一人。こちらの方が若いようだ。右が姉、左が妹だろう。二人とも目鼻立ちがくっきりとして、なかなかの美人だった。顎が張り、頰《ほお》に皺を刻んだ孝左衛門は美男とは言い難いので、母親が綺麗だったのだろう。

孝左衛門は手振りで嵐丸たちに座るよう告げ、三人は囲炉裏を挟んで孝左衛門父娘と向かい合う形で座を占めた。

「何者だ、お前たちは」

孝左衛門は、正面から問うてきた。

「少なくとも、気賀の商人などではないな」

「山について、知りたいと思って来た」

嵐丸は、また直截《ちょくせつ》に言った。

「あんたは、絵図を描いたろう」

孝左衛門の眉が動いた。

「そういうことか」

孝左衛門は、ふん、と鼻を鳴らした。

「金儲けでも企んでいるようだな。やめておけ」

「あんたは、今川の家来か。そうじゃないだろう。雇われた山師か」

嵐丸が迫ったが、孝左衛門は答えなかった。代わりに問い返してきた。

「そっちは乱波の類いか。いや、盗人かな。どちらでもいいが」

嵐丸も答えないでいると、孝左衛門は嵐丸たちを値踏みするように見てから、続けた。

「明るいうちにここを去れ。武藤の郎党たちに目を付けられるぞ」

「手ぶらというわけにもいかん。孝左衛門さん、あんた、何か望みは」

孝左衛門は、小馬鹿にしたような笑いを投げてきた。

「望みなど、あるものか。ここで娘たちと、静かに暮らすだけだ」

「あんたが知ってることからすると、静かに暮らすのは難しいんじゃないのか」

「お前の知ったことではない」

くそっ、と嵐丸は内心で歯嚙みした。思ったより孝左衛門は、守りが堅い。いきなり金山の話を出したのは、間違いだったか。

傍《かたわ》らの沢木は、苛立ってきたようだ。刀を抜く機会を、伺っている気配がする。だが、娘二人がいる前で刀を振り回すのは、いかにも拙い。

嵐丸はしばし黙って、孝左衛門の顔色を窺った。孝左衛門は目をやや下に向けたまま、口を一文字に閉じている。出て行け、とは言わない。その一方、話をしようともしない。こちらの次の出方を待っているのか。だが、何を求めているのか今一つ見えない。

「わかった。出直す」

　沢木が余計なことをする前に、嵐丸は一旦退《ひ》くことにした。沢木は意外そうな顔をしたが、刀に手を掛けるような真似《まね》はしなかった。一方、二人の娘は明らかに安堵したようで、張り詰めていた肩の力を抜くのが見て取れた。

「何度出直しても無駄だ」

　家を出る嵐丸たちの背中に、孝左衛門の言葉が投げつけられた。


　孝左衛門の家から少し離れた木の陰に、三人は寄った。沢木はかなり不満そうだ。

「何でおとなしく引き上げた。娘を人質にする手もあったんだぞ」

「そういうやり方じゃあ、あの爺《じい》さん、口を割るまい。だいたい、気付かなかったか。娘二人も、多少の心得はあるようだぜ。簡単に人質にできるタマじゃなかろう」

「だったらどうすんだよ。お前の見通しは、外れちまってるんだ」

　沢木が毒づく。それまで黙っていた麻耶が、まあまあと割って入った。

「嵐丸の言うように、娘を人質にってのは悪手よ。却って頑なにさせちまうわ。叩き出されなかったから望みはなくもない、ってことで、ここはちょっと頭を冷やして、様子を見ましょう」

　沢木はまだ何やらぶつぶつ文句を言っている。嵐丸はその背中を小突いた。

「鬱陶しいからそのくらいにしろ。こんな見通しのいいところで突っ立ってたら、爺さんが言ったように武藤の郎党に怪しまれる」

嵐丸は三町ばかり先の、木に覆われた小高い丘を示し、あそこで待とうと言った。

沢木は渋々といった態《てい》で従った。


丘と孝左衛門の家との間には、畑しかないので見通しは利く。何か動きがあればわかるのだが、夕刻近くになっても動きらしい動きはなかった。孝左衛門と娘が畑の草取りや鶏の餌《えさ》やりに出ただけだ。日が山の端にかかると、三人とも家に入ってしまった。さらに待っていると、煮炊きの煙が上がるのが見えた。

「あーあ、腹減ったねえ」

煙を見ながら、麻耶がぼやいた。懸川を出た時、握り飯を用意したが、それは昼のうちに食べてしまっていた。

「いつまでこうしてるんだよ」

沢木が苛立ちも露《あら》わに言った。今にも孝左衛門の家に押し込みたそうな素振りだ。

焦るな、と嵐丸が抑えた。

「奴らが寝入る頃を見計らって、俺が忍び込む」

「金山の手掛かりを捜すのか。初めの話に戻ってるじゃないか」

「じゃあ、他に何かいい手はあるか」

これと言って思い付かないようで、沢木は黙った。代わって麻耶が聞いた。

「何も見つからなかったら？」

「駄目だったら、朝になってからもう一度頼みに行く」

「同じことを繰り返しても、仕方ないいんじゃないの」

「いや、奴が本当に静かな暮らしを望んでるなら、言いようはある。金山を手土産に、松平家辺りで安全な隠居先を用意してもらう、というのはどうだ」

「嵐丸、あんた、松平に伝手でも？」

「それは、金山を見つけてからの話だ」

なんだ空手形か、と麻耶は呆れたように言った。


すっかり夜が更け、孝左衛門の家の灯も消えた。そろそろ動くか、と嵐丸は立ち上がった。月明かりのおかげで、孝左衛門の家の形ははっきり見える。沢木はと言うと、太い木の幹に頭をもたせかけ、鼾《いびき》をかいていた。呑気《のんき》なものだが、そのまま寝ていてくれた方が、うるさくなくていい。

「さて、行くとするか」

嵐丸は呟いて麻耶の肩を叩き、立ち上がった。

「待って！」

丘を下ろうとした嵐丸の腕を、麻耶が摑んだ。

「何人か、あの家に向かってる」

えっ、と嵐丸は目を凝らした。夜目は麻耶の方が確かだ。

「あっち。左手の畦道から三人。あ、裏手にも後三人、回った」

耳元で麻耶が告げる。指す方をじっと見ると、確かに人影が動いていた。あ、と麻耶が押し殺した声を上げる。その理由は、嵐丸にもわかった。畦道からの三人の間で、月明かりを浴びて光るものがあった。少なくとも一人が、刀を抜いているのだ。

嵐丸は沢木を揺り起こした。

「うん？　何だよ。うまく行ったのか」

「まだだ。まずいことが起きてる。あれが見えるか」

沢木は首を捻って目を孝左衛門の家の方に向けた。途端に背筋が伸びた。

「何だあいつらは」

「知らん。だが、孝左衛門を襲う気なのは間違いない。行くぞ」

言うなり嵐丸は、丘を駆け下りた。麻耶と沢木も、すぐ後に続いた。

二手に分かれた六人の黒い影は、示し合わせているらしく、同時に表と裏から孝左衛門の家の戸を破った。板の割れる音と激しい足音、怒声と娘の悲鳴が響き渡った。

嵐丸と麻耶は、音もなく駆け寄り、賊たちの背後に迫った。忍び込みの心得がない沢木の方は、音もなくとはいかず、騒々しくばたばたと駆けこんだ。おかげで賊どもの気が、そちらに逸れた。

嵐丸は機を逃さず、表側の三人のうち、一番後ろにいた賊の首筋を拳《こぶし》で打った。息が詰まった賊は、その場に倒れ込んだ。間髪入れず、家の中に躍り込む。灯りはないが、微かな月明かりで賊の影はわかった。手近の一人を、同様に打ち倒す。

奥の方では、もみ合いになっていた。どうやら、孝左衛門を斬ろうと刀を振り上げた賊を、娘二人が押さえ込もうとしているらしい。嵐丸はそこへ駆け寄ると、賊のこめかみ辺りに見当を付けて拳を叩き込んだ。その一撃は見事に決まり、賊は刀を取り落とした。娘の一人が気付いてその刀を取ろうとする。取らせまいとした賊が屈みこんだ。そこを思い切り蹴り上げる。賊は後ろに吹っ飛んだ。

その隙に、嵐丸は娘より先に刀を拾った。さっき打ち倒したうちの一人が、気を取り直して斬りかかってきた。さっと動いて、今拾った刀で受ける。火花が飛び、前につんのめった賊はそのまま裏手に転がり出た。

だが出たところで、沢木が待ち構えていた。気付いた賊が刀を上げようとしたが、沢木の方が早かった。嵐丸や麻耶ほどには夜目は利かないだろうが、感覚は確かなようだ。沢木の刀は、見事にその賊を捉えた。賊は呻き声を上げ、その場に倒れた。

畦道の方で、ばたばたと駆け去る足音が聞こえた。三人だ。残る三人は、裏手の地面に横たわっていた。

「片付けたよ。沢木さんが二人、あたしが一人」

麻耶の声がした。嵐丸は家の中を振り返って、声をかけた。

「無事か。怪我してないか」

「は、はい。大丈夫です」

娘の声がした。やれやれ、と安堵の息を吐くと、火打石の音がして蠟燭《ろうそく》に火が点《とも》った。囲炉裏の熾火《おきび》に薪《まき》をくべ、ようやく賊が何者か調べられるほどの灯りが得られた。嵐丸は膝《ひざ》をついて、賊の死骸を調べた。いずれも、侍だ。小袖姿だが、一人は胴丸を着けていた。孝左衛門を斬りに来た、と見て間違いなさそうだ。

小袖の二人は、前から真一文字に斬られていた。沢木の腕は、思った通り相当なものだ。胴丸の男は、首筋を貫かれていた。これは麻耶の仕事だ。いつも懐にしている鎧通しを使ったに違いない。三人とも上士のようには見えないので、こいつらの頭は逃げおおせたのだろう。

嵐丸は、隅の方に寄り添っている孝左衛門と娘たちに目を向けた。娘の一人が言った通り、誰も怪我らしい怪我はしていない。どうやら嵐丸たちが間に合ったおかげで、難を逃れたようだ。嵐丸はそちらに歩み寄り、孝左衛門の前に膝をついた。

「危ないところだったな」

「あ、ああ」

孝左衛門は、荒い息をつきながら呻いた。そこで娘二人が改めて気付いたように身を起こし、揃って嵐丸たちの前に両手をついた。

「おかげで父も私たちも、命が助かりました。何とお礼を申し上げれば良いか」

「いや、礼には及ばん。あんたらに死なれちゃ、俺たちも困る」

嵐丸は、わかっているだろう、とばかりに言った。娘二人は、顔を見合わせた。孝左衛門は、また呻き声を上げた。

「その前に、こいつらは何者だ。心当たりはあるか」

嵐丸は死骸を指して尋ねた。孝左衛門はしばし躊躇う様子だったが、やがて大きく溜息をつき、その問いに答えた。

「恐らく、三浦右衛門佐の手の者だ」

そうか、と嵐丸は頷く。

「金山のことで、あんたの口を封じようとしているわけだ」

右衛門佐は、草崎に絵図を奪われかけたため、また同じ事態が起きないうちに先手を打っておくことにしたのだ。

「儂《わし》はともかく、娘までも」

孝左衛門は、目に怒りをたぎらせて言った。嵐丸は、孝左衛門に顔を近付けた。

「こうなっちゃ、もう今川に義理立てすることもあるまい」

孝左衛門は、目を逸らした。まだ葛藤があるのだろうか。

沢木と麻耶も、嵐丸の後ろに座った。三人とも、じっと孝左衛門を見つめている。

やがて孝左衛門が首を振り、娘二人を見た。娘たちが、黙って頷く。孝左衛門は一度天井を仰いでから、嵐丸に言った。

「絵図は持っているのか」

「ああ」

嵐丸は懐から絵図の写しを出して、孝左衛門に見せた。孝左衛門は一瞥して目を細めた。

「写し取ったものか」

「そうだ」

「ふむ。寸分違わず、きちんと写せているな」

嵐丸は頰を緩めた。自分で間違いないと自負してはいたが、孝左衛門から認められると安心できる。

「数字を書いたものもあったが、これは？」

嵐丸はその紙も見せた。孝左衛門はちらりと見て、「ああ、それか」と言った。

「各年の、金の産出高だ」

なるほど。これがあれば、どれほどの金が掘り出せるのか、今川家の蔵に入る金がどれほどか、推測できる。絵図と一緒に付けておけば、それなりの値打ちはあるだろう。

孝左衛門は絵図を返すと、一呼吸置いてから話し始めた。

「儂はもともと、三河の出でな」

「ほう、三河か。松平の領内か」

「いや、作手《つくで》の奥平《おくだいら》様の方で、百姓をしてた。だが、食い扶持《ぶち》が足りなくてな。儂は駿河へ行って、山師の手伝いをするようになった」

山仕事もしながら、絵図面などの作り方も仕込まれたそうだ。二十年ほど前、件の隠し金山を掘り始めた時にそちらに送られ、仕事を続けて親方になったが、足を悪くしたために引退したのだという。

「駿府へ行ける身分でもなかったからな。静かで落ち着けるが、今川家の目の届くところとして、この土地をあてがわれた」

「ふむ。しかし武藤刑部は……」

「わかっている。その時分はまだ、武田と通じてはおらなんだ。そんな動きが囁かれ出したのは、桶狭間の後からじゃ」

だから三浦右衛門佐も、儂がここに住まっていることを気にし始めておった、と孝左衛門は苛立たしそうに言った。

「儂はどこにも通じる気はなかったが、右衛門佐のような奴は大嫌いじゃ。それが伝わって、あいつはだいぶ腹を立てておったようだが」

「右衛門佐が何かと御屋形様におもねるのが、あんたは気に入らなかったか」

「うむ。だからいずれは儂を始末する気だったんじゃろう。何故今日、その気になったかは知らんがな」

孝左衛門は、草崎のやったことを知らないようだ。それはまあ、当然か。

「それじゃあ、どうだ」

いきなり沢木が口を挟んだ。

「三河に帰らんか。作手は難しいかもしれんが、岡崎領なら口利きをするぞ」

えっ、と嵐丸は目を丸くした。

「あんた、松平に伝手があるのか」

「ああ、まあな」

軽く答えてから、沢木は孝左衛門に迫った。

「なあ孝左衛門さん、金山に案内してくれ。それを手土産に松平であんたを世話してもらえるようにする。そうしたらあんたも娘さんも、落ち着けるだろう」

何だこいつ、と嵐丸は啞然とした。昼間、俺が言ったことの横取りじゃないか。あの時は松平に伝手があるなんて、匂わせもしなかったのに。

孝左衛門は、目を伏せた。今の申し出について、考えているらしい。すると、娘の姉の方が孝左衛門の腕に触れた。

「父様。もうここには居られません。そうするしかないのでは」

その通り、と声に出そうになるのを我慢した。孝左衛門はなおも考え込んでいたが、やがて首を縦に振った。

「わかった。お前たちがいいなら、そうしよう」

沢木がちらりと嵐丸の方を見て、ニヤリとした。お株を奪って悪いが、うまく行ったろう、と言っているようだ。愉快ではなかったが、結果は望んだ通りだ。まあ良しとしよう。

「よく決心して下さいました」

娘二人が、ほっと息を吐いて父親に深々と頭を下げた。孝左衛門は労わるようにその背を撫で、顔を上げて嵐丸に言った。

「娘たちに、案内をさせる」

えっ、と嵐丸は驚いた。

「危なくはないのか」

「娘も言ったように、今となってはここに居た方が危ない。儂はこの通り、足がもうあまり利かぬ。金山までは、とても行けん」

「しかし……」

「その代わり、娘たちを三河まで連れて行ってくれ」

孝左衛門の言葉を聞いた娘二人が、はっと顔を強張らせた。

「父様。ご自分だけ残るのですか」

「いけません。一緒に行きましょう。私たちが何とかします」

娘たちは口々に言った。孝左衛門はかぶりを振る。

「儂はもう年だ。三河へ行っても、どうせ日がな一日、ぼうっと暮らすだけになる。食い扶持の無駄だ」

そんなことを、と娘たちが顔を曇らせる。

「父様一人では、とても……」

「案ずるな。儂とて、何もせぬわけではない。こんな時のために、身を隠してやり過ごす手立ては、幾つか講じてある」

孝左衛門は、自信ありげに言った。本当かな、と嵐丸は疑った。娘の背中を押すための、方便ではないのか。だが孝左衛門の顔を見ていると、案外本当かもしれん、という気になった。

娘たちはしばらくの間、孝左衛門を翻意させようと頑張った。だが、孝左衛門はどうしても承知しない。とうとう娘たちも、諦めた。

「わかりました。きっと無事、三河に参ります」

「迎えに来ます。それまで、どうかお元気で」

娘たちは俯《うつむ》いてそれだけ言うと、袖で顔を覆った。孝左衛門が娘たちを抱き寄せる。嗚咽《おえつ》が聞こえ、嵐丸は遠慮して後ろに下がった。

「奴らが襲って来たおかげで、結果としちゃ助かったな」

沢木が囁いた。

「案内までしてくれるとは有り難い。間道や隠し道だけでなく、山番の目をかいくぐらなくてはなるまいから、目印を聞き出すだけでは難しいかも、と思っていたんだ」

「しかし、娘たちに命がけの旅をさせることになるんだぞ」

「多少の武芸の心得はあるんだろう。第一、孝左衛門の言う通り、俺たちと一緒ならここに居るより余程危険は少ない」

その通りだよ、と麻耶も言った。嵐丸も、同意せざるを得ない。

「わかった。それじゃあ、三河まできっちり送り届けてやろう」

三人は、肩を寄せ合う父娘に目をやってから、頷き合った。

翌日の明け方、支度を整えた嵐丸と沢木と麻耶は、家の外に出た。東の山の向こうに、朝日の輝きが現れている。三人は目を瞬《しばた》き、別れを惜しむ父娘を気遣って、家の前の畦道で待った。辺りを窺ったが、見張られている気配はない。

始末した刺客は、夜中のうちに裏手の山に隠しておいた。そう時を置かず、山の獣が片付けてくれるはずだ。生き残った連中は、遠くに逃げ去ったらしい。

「お待たせをいたしました」

括り袴の旅姿になった娘たちが、出て来た。泣いていたのか、目が赤い。よく見ると、二人の目の下に涙の筋があった。

戸口に孝左衛門が出て来た。何かを持っている。何だろう、と思っていると、孝左衛門は嵐丸に近付き、布に包まれた物を手渡した。受け取ると、ずっしり重い。

「何だこれは。石のようだが」

「金の含まれた石だ」

金鉱石？　嵐丸は布を解いてみた。黒っぽい岩のかけらのようだが、確かに金色の輝きが幾つも見て取れる。これを火にかけて熱を加え、金を溶かし出すのだろう。

「これを、何故」

「証しとして持って行け。うまく金山に入れなかった時のためだ」

なるほど。金山で証しが得られなくても、絵図と一緒にこれを示せば松平は信じる、というわけか。これも娘のためなのだな、と嵐丸は承知した。

「わかった。後は案ずるな」

請け合って、石を荷物の袋に入れた。孝左衛門は「くれぐれも、頼む」と頭を下げた。

「では、参ります」

姉の方が、孝左衛門に別れのひと言を告げた。孝左衛門は目を細め、何度も頷いた。

「では、行こうか」

沢木が言った。娘二人は前に向き直り、未練を払うようにさっと顔を上げて、唇を引き結んだ。

道が曲がって、家が見えなくなるところで改めて振り返った。孝左衛門の姿は、もうなかった。

六

日も高くなった頃、五人になった一行は、信濃への街道を逸れ、秋葉権現に向かう街道に入った。金山までは、十五里ほどあるという。真っ直ぐ急げば、明日の夕刻には着ける距離だが、女連れでしかも隠れた道を通ることになるので、そんなに早くは進めない。二夜ほどは、野宿することになるだろう。

孝左衛門の娘のうち、姉の方は喜久江《きくえ》と言った。年は十七で、幾分目が細く、動きは敏捷だ。ちょっと猫を思わせるところがあった。妹の方は紗江《さえ》と言い、年は十五。愛らしい顔立ちで、姉より多少肉付きが良い。何となく、この年頃だった時の麻耶に似ている感じがした。

一宮を出てから、沢木は見てわかるほど上機嫌だった。嵐丸は頃合いを見て、沢木の脇を突っついた。

「やけに楽しそうだな。事が思惑通りに運んで、満足か」

「もちろんだ。しかも」

沢木はニヤニヤしながら、前を行く喜久江と紗江を顎で示した。

「麻耶さんに加え、あの二人だ。頗《すこぶ》る付きのいい女が、三人も道連れなんだぞ。これが喜ばずにいられるか」

嵐丸は、苦笑するしかなかった。

「ああ。これが遊山なら、さぞ楽しかろうぜ」

まさか口説くんじゃないだろうな、と言ってやると、沢木は思わせぶりに笑った。

「なあ、喜久江さん、紗江さん」

沢木が声をかけた。二人が振り向く。

「はい？」

「こんなことを聞くのは何だが、あんたたち、それほどの器量良しなんだ。村の男どもが放っておかないだろう。いい話はなかったのか」

往来を歩きながら何を聞いてるんだ、とばかりに、麻耶が顔を顰めた。

「まあ。器量良しだなんて」

喜久江と紗江は、揃って顔を赤らめた。

「それはその、そんなこともなくはなかったですけど、父がああいう人ですから」

「ははあ。偏屈で、若い男どもを寄せ付けなかったと」

「まあ、そのような」

喜久江は、困ったように俯いた。嵐丸は、沢木の腕を引いて耳元で言った。

「今朝、父親と今生の別れをしてきたんだ。少しは気遣え」

沢木はさすがに、気まずい顔になった。

「いや、済まん。余計なことを言った」

謝ると、喜久江は「いいえ」と少しばかり堅苦しい微笑みを返した。沢木は頭を掻いた。嵐丸は嘆息した。何とも、軽い男だ。こいつ本当に、松平に伝手などあるんだろうか。

秋葉への道に入ってしばらく経った頃だった。殿にいた麻耶が嵐丸に近寄り、肩口に顔を寄せた。誰かが見ていたら、男に甘い誘いをかけたのだと思ったろう。だが、もちろん違う。

「尾けられてるよ」

小声で告げた。

「そのようだな」

嵐丸も小声で応じた。

「三人かな」

らしいね、と麻耶が言う。嵐丸は前に出て、さりげなく沢木に近付くと、景色を指すように装って話しかけ、尾けられていることを知らせた。沢木はぎょっとする。

「三人？　昨夜の連中か」

「たぶんな。一宮のどこかに潜んで、俺たちが動くのを待っていたんだ」

「一宮を出た時は気付かなかったんだろ？」

「ああ。充分間を空けていたんだ。こっちの行く先は分かっているだろうからな」

「なのにお前が気付くほど距離を詰めてきたってことは……」

「今夜寝る場所を確かめ、襲うつもりじゃないかな」

「痛めつけてやったのに、懲《こ》りない奴らだ」

沢木は馬鹿にした風に言った。

「向こうも、襲ったところ逆にやられましたとおめおめ戻れないんだろう」

「手柄がほしいなら戦場だけにしときゃいいのに、気の毒なこった」

沢木は、襲って来られたらその場で返り討ちにする気だ。慌てるなよ、と嵐丸は釘を刺した。

「三浦右衛門佐の手の者、とはっきり決まったわけじゃない」

「尾けてるのは、別の奴かもしれないってのか」

沢木が驚いて問うた。だからそう急ぐな、と再び嵐丸は言う。

「一人は生け捕りにして、確かめる。右衛門佐の配下だとはっきりわかったら、みんな片付ければいい」

なるほど、と沢木は得心した様子で呟いた。

「しかし、右衛門佐の他に俺たちを追う奴がいると思うのか」

「正直、わからん。だが、今の今川には周り中から探りが入ってる。武田や織田や北条の手先が、金山のことに勘付いて調べているのかもしれん」

何だよまったく、と沢木は天を仰いだ。

「そんなことまで心配しなきゃならんのか」

「それが乱世でしょう」

後ろから麻耶が、妙に悟った風に言った。


道は次第に、山へと分け入った。周りに田畑は見えない。この先、誰も住んでいないわけではなかろうが、どこまで行けば次の村があるのか、よくわからなかった。

喜久江が振り返り、嵐丸の気持ちを察したように言った。

「あと三里ばかり行くと、小さな村があります。今夜はそこで泊まれると思います」

「そいつは有難い」

沢木が言った。

「空模様が気になる。屋根のあるところで寝たいからな」

見上げれば、空の半ば以上は雲に覆われていた。一刻ばかり前は晴れていたのだが、沢木の心配する通り、夜には雨になりそうだ。嵐丸は後ろの麻耶に聞いた。

「あいつらの様子は」

「つかず離れず」

気配がわかる程度に距離を詰めた後、それ以上は近寄らずにずっとついて来ているのだ。夜に襲って来るとすると、雨が降っていればどうしても気付くのが遅れるので、具合が悪い。奴らもそれを狙っているだろう。やはりゆっくり寝させてもらえそうにはないな、と嵐丸は嘆息した。

「おい」

ふいに沢木が鋭い声を出した。嵐丸は、はっとして五感を前の方に向けた。すぐに感じ取れた。この先に、何者か潜んでいる。少なくとも、十人以上。嵐丸は喜久江と紗江の肩を叩き、後ろに下がるよう告げた。嵐丸の顔つきを見た二人は、すぐに察して身を強張らせると、沢木と嵐丸を前に出してその背後に退いた。嵐丸たちは、喜久江と紗江を包み込むような形を取って、周りに目を配りながら足を速めた。

いきなり、左手の木の陰から大柄な男が飛び出して、行く手に立ちはだかった。嵐丸たちは、その場で足を止めた。

「何者で、どこへ行く」

男が、大声で問うた。髭面《ひげづら》で具足を着け、腕組みして仁王立ちになっている。ただし、腰の刀は抜いていない。

その声を合図に、道の両側から具足姿の男たちが姿を現した。数えると、十二人。槍を持った者もいた。だが具足と言っても、胴と草摺《くさずり》、佩楯《はいだて》だけで、兜《かぶと》も袖も臑当《すねあて》も着けていなかった。具足の下の小袖と袴は、だいぶくたびれている。

野伏せりだな、とすぐにわかる連中だった。正面の髭面が、頭らしい。年はよくわからないが、三十は超えていると見えた。

沢木は、どうする、という目を嵐丸に向けてきた。その気なら斬り抜けられる、と言いたそうだ。嵐丸は、喜久江と紗江を連れて無理はできない、と目で返した。沢木は残念がる顔をした。

「どこへ行くと聞いてるんだ」

苛立ったように、頭の男が重ねて聞いた。嵐丸は、怯《おび》えている風を装って、答えた。

「あ、秋葉の方に参ります。気賀から来ました、商人です」

「商人か。なら、金を持ってるだろう」

「は、はい」

嵐丸は懐から金包みを出し、手を震わせて差し出した。野伏せりの一人がひったくり、中を改める。

「思ったより、少ねえ」

野伏せりの顔が歪んだが、すぐににやつき始めた。

「金はしょうがねえな。だが、すげえいい女が三人もいるじゃねえか」

十二人の野伏せりは、舌なめずりし始めた。喜久江と紗江が、青くなって肩を寄せ合う。麻耶は二人を庇《かば》うように前に出ると、野伏せりどもを睨みつけた。

「なあお頭。この女、いただいて帰るとしようぜ。金より値打ちがありそうだ」

楽しんで、飽きたら売り飛ばしゃいい、と他の者も言った。下卑た笑い声が上がる。

沢木の手がじりじりと、刀の柄《つか》へ動いた。麻耶も、着物の内に手をやろうとしている。そこに短刀か鎧通しを、常に隠し持っているのだ。拙い、と嵐丸は思った。斬り合いには、分が悪い。

「ちょ、ちょっと待って下さいまし」

嵐丸は、叫ぶように言った。

「ほ、他に金目のものがあります。それでこの娘たちと女房は、お許しを」

「金目のものだと。何を持っている」

頭の目が光った。嵐丸は、おずおずと持った袋に手を入れ、孝左衛門からもらった鉱石を取り出した。顔の前に持ち上げ、包んであった布を解く。興味深そうに見ていた野伏せりは、現れた物を見て怒り出した。

「何だそれ。石ころじゃねえか。俺たちを馬鹿にしてやがるのか！」

野伏せりは、刀を抜くと嵐丸の喉元に突きつけた。

「女は貰っていく。お前は、ここで死ね」

「ただの石ではありません！　これは金です」

嵐丸が叫ぶと、野伏せりはさらに怒った。

「これのどこが金だ！　ふざけるな」

「掘り出されたばかりの金鉱石なのです。これを溶かせば、金が採れます」

嘘をつけ、と野伏せりが怒鳴った。だが、頭は気を引かれたようだ。まあ待て、と野伏せりどもを抑えると、嵐丸に歩み寄って鉱石を手に取った。それに目を近付け、矯《た》めつ眇《すが》めつしていたが、やがて「ふうん」と息を吐いた。

「なるほどな。確かに、金だ」

頭は鉱石を嵐丸の鼻先に突き出した。

「どこで手に入れた。もっとあるのか」

「こ、これだけです。山師をしていたお方から、御礼にといただいたもので」

この娘さんたちを、親類に送り届ける御礼です、と嵐丸は懸命に言った。

「本当にこれが、金なんですかい」

野伏せりたちはまだ得心できないようだが、頭は金鉱石について知っているようだ。間違いない、相当なものだ、とはっきり言った。

「じゃあ、こいつも女も、両方いただくとしましょうや」

野伏せりの一人が、欲を露わにして言った。だが、頭は止めた。

「やめておけ。俺たちも、元は侍だ。そこまで落ちぶれちゃいない。さっきの金と、この金の石で今日の稼ぎは充分だ」

ぴしゃりと言われ、野伏せりたちは残念そうに三人の女を見た。喜久江と紗江は目を伏せ、麻耶は睨み返している。野伏せりたちは、頭に逆らってまで手を出そうとはしなかった。

「行くぞ」

頭のひと言で、野伏せりは嵐丸たちに背を向け、あっという間に茂みの中に姿を消した。動きは存外、まとまっている。元は侍、というのは本当なのだろう。

「はああ、怖かった」

野伏せりの気配が消えると、紗江が膝をつきそうになった。喜久江と麻耶が、両側から支える。

「本当に、どうなるかと。あの野伏せりどもの慰《なぐさ》み者にされると思ったら、背筋がぞっとしました」

喜久江が涙目で言った。

「あたしが、そうはさせなかったけどね」

麻耶が紗江の背中を撫でながら、言った。確かに麻耶なら、野伏せりに連れ去られても、隙を見てひとり残らず仕留めることができたかもしれない。

「しかし、せっかく孝左衛門さんから貰った金の石を、盗られてしまった。申し訳ない」

嵐丸が詫びると、いえそんな、と喜久江はかぶりを振った。

「しょせん、石です。命には代えられません」

「そうだな。金山に着いてから、金鉱石など幾らでもいただけるだろうし」

沢木が言った。

「しかし、金も盗られたよな。俺は大して、金は持ってない。この先、大丈夫か」

心配するな、と嵐丸は腹を叩いた。

「ここの胴巻に、もっとたくさん入ってる。脚にも、巻いてある。奴らに渡したのは、こういう時に備えて持っていた捨て金だ」

へええ、と沢木は感心した顔になった。

「盗みにかけちゃ、こっちの方が玄人《くろうと》だってのを忘れないで」

麻耶が笑った。それに釣られるように笑ってから、思い出したように沢木が言った。

「そう言えば、尾けてた連中はどうした」

麻耶が真顔に戻る。

「気配は消えてる。野伏せりが現れたので、一旦退いたんでしょう」

「奴らにとっちゃ、野伏せりどもが俺たちを斬れば、もっけの幸いだ。模様眺めしてたんだろうな」

嵐丸が言うと、沢木は渋い顔になった。

「じゃあ、いずれまた来るわけか」

だろうな、と嵐丸は肩を竦めた。

七

日が山の端に沈み、足元が薄暗くなり始めた頃、村に着いた。村と言っても、数軒の百姓家があるだけで、田畑も猫の額ほどだ。だがよく見ると、家々はさほどみすぼらしくはなかった。田畑は小さくとも、山菜や薪の稼ぎがあるのだろう。

「確か、あれがここの長《おさ》の家です」

喜久江が、一番大きく見える家を指した。一同は、一夜の宿を得るべくその家に向かった。

村の長は、六十になろうかという爺さんだった。婆《ばあ》さんと倅《せがれ》夫婦に孫二人の、六人暮らしだ。宿を求めると、村長は嫌な顔もせず嵐丸たちを家に入れ、白湯《さゆ》まで出してくれた。

「秋葉へ行きなさるか。女三人も連れてでは、大変じゃのう」

ここらも時折り、野伏せりや野盗が出るので、と村長は嘆かわしそうに言う。

「太守様がおられた時は、あまりそういうのは出んかったんじゃが」

村長の言によると、やはり今川義元の討ち死に以後、徐々に領内の締め付けが緩んでいるらしい。沢木は、さもありなんという顔をした。

「裏手に、普段使ってない納屋がある。板の上に筵を敷いて寝られるようになっておるんで、そこで良ければ、泊まらっしゃい」

母屋は家族だけで一杯のようだ。外は雨粒が落ち始めており、納屋でも屋根の下で寝られれば御の字である。礼を言うと、銭を求められた。どうやら、秋葉や信濃と行き来する旅人を泊めることも、生業の一つにしているらしい。高くはなかったので、嵐丸はすぐに支払った。

晩飯には、米と雑穀が半々の粥《かゆ》と汁が出された。粗末だが、腹を満たすことはできた。飯が済んだ後、囲炉裏を挟んで座った村長が、喜久江と紗江に目を向けてから嵐丸に尋ねた。

「こなたの娘御には見えぬが、どういうお方かな」

「はあ、手前の姪《めい》で、秋葉に参りました後、三河の親族のところへ送ります」

さっき野伏せりに言ったのと似たようなことを話した。姪の村では、いろいろと物騒になりまして、と付け加えると、村長は得心顔になった。

「近頃、そういう話はよう聞くのう」

村長は溜息混じりに漏らした。

「遠江の国衆は、腰が定まらなくなってきておる、ということかな」

沢木が水を向けるように言った。

「さてのう。儂らには殿様たちが何を考えておらっしゃるか、わかりはせんが」

村長の言い方は、慎重だった。

「野伏せりらが増えたというお話でしたが、先刻、危うい目に遭《あ》いました」

嵐丸は、金鉱石を奪っていった野伏せりのことを話した。そりゃあ大変じゃったのう、と、村長は同情してくれた。

「女子《おなご》三人、無事で済んだだけでも儲けものじゃ」

誠に、と頷いた沢木が、頭の人相風体を話した。村長は首を傾げた。

「覚えがない。新顔のようじゃな」

「元は侍、と言っておった」

ああ、と村長は頷いた。

「国衆のお方々の中には、今川に残るか他家に付くか、家中が割れておる、などという話もあるようじゃ。そんなことで、お家から離れた連中かもしれぬのう」

さっきはよくわからんと言っていたのに、この老人、なかなかによく物事を見ている。ここに泊まる旅の衆から、様々な話を仕入れているのだろう。

「ここを襲ったりは、せぬのか」

心配になったのか沢木が聞くと、村長は薄く笑った。

「今まで襲われたことはないが、その時はその時のこと。多少の備えはある」

村長は土間の方を示した。鎧櫃《よろいびつ》らしいものと、槍と刀が何本か、立てかけてある。元は足軽奉公をしていたのだろう。倅も、戦《いくさ》となれば呼び出されているに違いない。十人、二十人で来られたらもたないだろうが、数人の野盗なら追い払えそうだ。

沢木は、なるほどと感心して見せた。もう良かろう、と嵐丸は村長に「そろそろ休みます」と告げて立ち上がった。

「大したところではないが、ゆっくり休みなされ」

村長は言ってくれたが、恐らく寝られはしないだろうな、と嵐丸は思っていた。

納屋は思ったよりしっかりした建て方で、雨漏りもしていなかった。これは有難い。五人は、板敷きに敷いた筵に、並んで寝ることにした。娘二人は一番奥、入り口側には嵐丸が寝ることにする。沢木と娘たちの間に、麻耶が挟まった。もし沢木が変な色気を出して夜這《よば》いをかけたりした時の用心だ。麻耶に手を出したりしたら、忽ち半殺しの目に遭う。それを承知しているようで、沢木はちょっと残念そうな顔をした。

「交代で見張るか」

嵐丸が言うと、そのつもりだったのか沢木も麻耶も、すぐに承知した。

「雨のせいで、気配が捉え難いな」

沢木が忌々しそうに屋根を見上げる。大雨にはならないだろうが、雨足は幾分強くなったようだ。

「まずひと回り、確かめてくる」

麻耶が言って、外に出て行った。その姿は、すぐ暗闇に消えた。嵐丸は喜久江たちに、「寝てていいぞ。俺たちが居るから」と安心させるように言ってやったが、二人とも礼を言ったものの、寝付く様子はなかった。まあ、いつ襲われるかわからない中で寝ろと言っても、難しかろう。

水溜りを踏む足音が聞こえた。沢木が刀に手をやる気配がしたが、音の様子で麻耶だとわかった嵐丸は、手を振って大丈夫だと伝えた。沢木は安堵の溜息を吐いた。やはりだいぶ緊張しているようだ。

麻耶が、そっと納屋の戸を開けて入って来た。ずぶ濡れになっていたので、乾いた布を投げてやる。麻耶は有難く受け取って、顔と頭を拭いた。

「どうだ」

嵐丸が短く聞くと、麻耶はかぶりを振った。

「駄目。気配は感じ取れない。この雨だと、余程近付かないとわからないし」

雨音は足音を消すし、襲うには持って来いの夜だ。だが相手にも、こちらが待ち構えている気配は捉え難い。襲われても対処はできるだろうが、やはり不寝番をするしかなさそうだ。

「まず俺が見張る。あんたは次だ」

沢木に告げると、「わかった」との声が返った。

夜半を過ぎて、雨は小降りになった。嵐丸は沢木を突いて起こし、交代を告げた。

沢木はぶつぶつ呟きながら起き上がった。

「ほとんど寝られなかったぞ」

文句を言うな、と肘《ひじ》で小突いて場所を入れ替わると、嵐丸は横になった。麻耶は起きているのか寝ているのか、わからない。二人の娘は夜半まで身じろぎしていたが、今は寝息を立てている。不安には違いなかろうが、疲れの方が勝ったようだ。嵐丸も明日に備え、目を閉じた。寝入っても、少しの異変で跳ね起きることはできる。

薄明るくなって、目を開けた。雨はもう止んでいるようだ。嵐丸は起き上がり、戸口の方を向いた。案の定と言うか、沢木は板壁にもたれて頭を垂れていた。嵐丸はそっと近づいて、耳元で「おい」と呼びかけた。沢木は飛び上がって頭を壁にぶつけ、刀を摑んだ。

「朝だぞ。しっかりしろ」

襲撃でないとわかり、沢木は照れ臭そうにぶつけた頭を撫でた。

「済まん。寝ちまったか」

目を瞬きながら、沢木は納屋の中を見回した。喜久江も紗江も、気配に気付いて起き出している。麻耶はとっくに目を覚まして、いつでも動けるよう構えていた。

「何事も起きなかったようだな」

沢木が間の抜けた声で言った。麻耶が馬鹿にしたように鼻を鳴らした。

嵐丸は戸を開け、外に出てみた。雨上がりの爽やかな気が、目覚めに心地よい。空はまだ雲に覆われ、辺りにはうっすら朝もやがかかっている。鳥のさえずりが聞こえた。静かな朝だった。

五人は身支度を整え、母屋に入った。囲炉裏にかけられた汁の匂いが、鼻をくすぐった。

「おお、よく眠れたかの」

村長が笑みを見せ、五人は朝の挨拶を返した。

「おかげさまで、よう寝られました」

夜通し気を張り詰めていた様子を見せることなく、嵐丸が礼を言った。

「朝餉《あさげ》はできとる。食べとる間に、握り飯も用意しておくので、持って行きなされ」

有難い気遣いだ。嵐丸たちは丁重に再度礼を述べ、囲炉裏を囲んだ。

朝餉を食べ終えた時、慌ただしく走ってくる足音が聞こえた。村長が、眉をひそめる。

「はて、誰じゃ。あんなに慌てて」

一瞬、奴らが襲って来たのかと嵐丸は身構えた。だが、足音は一人だ。しかも、明らかに度を失っている。何事かと、嵐丸は訝った。

戸口から、百姓姿の男が一人、駆け込んできた。年の頃三十前くらいで、この村の者らしい。その男は青ざめた顔で土間に膝を突くと、村長に向かって叫んだ。

「た、大変じゃ。人殺しじゃ」

人殺し、と聞いて皆がぎょっとした。

「落ち着け。どこで誰が、殺されたんじゃ」

村長が叱《しか》りつけるように尋ねた。さすがに胆《きも》が据わっている。

「こ、この先の道の脇で、侍が斬られとる。三人もじゃ」

上ずった声で、村の男が言った。さすがに村長も、顔色を変えた。

驚いたのは、嵐丸たちも同じだった。思わず顔を見合わせる。侍が三人、ということは……。

「そこへ案内せい」

村長と倅が、立ち上がった。村の男は、こっちです、と戸口から飛び出した。向かったのは南、昨日嵐丸たちが来た方角だった。嵐丸は喜久江と紗江にここで待っているように言って、沢木と麻耶を伴い、村長たちの後を追った。

村の外れで、街道は山裾《やますそ》を右手の方に回り込んでいる。そこを曲がったところで、死骸が目に入った。道の少し脇の草地に、三人が倒れている。うち二人は、抜刀していた。やはり嵐丸たちを尾けていた連中に間違いなさそうだ。

「これは、何としたことじゃ」

村長は困惑顔になった。

「野伏せりと斬り合ったんじゃろか」

死骸を見つけた男が言った。かもしれんのう、と村長が呟く。嵐丸たちが後ろに来ているのに気付いた村長は、振り向いて言った。

「昨日、元侍の野伏せりに襲われた、と言われたな。その野伏せりの、元の家中の者かもしれん。成敗しようと追って来て、返り討ちに遭《お》うたのではなかろうかのう」

「はあ。たぶん、そうなのでしょうなあ」

嵐丸は曖昧《あいまい》に言った。村長には、そう思っておいてもらえばいい。

「どこのご家中かのう」

村長が首を捻ったので、ちょっと御免、と沢木が死骸の傍らに膝をついた。着物と刀を探った沢木は、それと気づかれぬよう、村長に背を向けた。何か見つけたようだ。それからゆっくり立ち上がると、村長に向かってかぶりを振った。

「どこの何者かは、わかりませんな」

そうですか、と村長は残念そうに眉を下げた。

「仕方ない。こちらで葬《ほうむ》って差し上げるとしましょう」

村長は、死骸を運ぶために人を集めるよう、男と倅に命じた。二人はすぐに駆けて行き、村長はゆっくり歩いてその後を追った。

嵐丸たちは村長の背を見送りながら、額を寄せ合った。

「何かわかったのか」

沢木はおもむろに、懐から紙切れを出した。

「一人の懐に、これが入っていた」

嵐丸が受け取って広げてみると、それは小さな絵図だった。一宮荘、という書き込みがあり、街道が線で引かれている。左隅に黒い四角で示されているのは、孝左衛門の家に違いなかった。

「ふん。一昨日、襲って来た奴らに相違ないな」

やはり尾けていたのは、三浦右衛門佐の手の者だったのだ。だが、こいつらを斬ったのはいったい誰だ。

「おいおい、俺じゃないぜ」

嵐丸が思わず顔を見たので、沢木は慌てて手を振った。

「ああ、わかってる。あんたが納屋を出たなら、気配でわかるからな」

沢木は、その通りだと応じた。

「しかし、野伏せりでもないようだな。斬り合った、という感じじゃない。あいつら、一刀のもとに斬り伏せられてる」

沢木は死骸の周りの地面を指した。雨が降っていたとはいえ、何人もが争ったなら相当に乱れているはずだが、そんな様子ではなかった。不意を突かれ、まず一人が討たれた後、気付いた二人は刀を抜いたものの、あっという間に斬られたらしい。

「やった奴は、相当な腕だな」

言いながら嵐丸は、横目で麻耶を見た。

「何を考えたか知らないけど、あたしじゃないことぐらい、わかるでしょう」

麻耶は睨むようにして言った。昨夜、納屋を出たのがはっきりわかっているのは、麻耶だけだ。麻耶の腕なら、夜陰に乗じて侍三人を片付けることぐらい、楽にできる。だが、この侍たちは明らかに大刀で斬られていた。麻耶なら、鎧通しを使って刺し殺すはずだ。それに、追っ手を始末したことを嵐丸たちに黙っている理由がない。

もっともだな、と嵐丸は頭を掻いた。

「じゃあ、誰の仕業なんだ。どっかに俺たちの味方がいるのか」

沢木が首を捻りながら言った。

「味方ならいいんだがな」

嵐丸はもう一度死骸を見て、ぼそりと言った。

運ばれた死骸は、一旦嵐丸たちが泊まった納屋に置かれた。近くの寺の僧を呼んで、一応の供養をしてから山に埋めるという。刀は村のものにするようだ。嵐丸一行は後を任せ、用意してもらった握り飯を受け取ると、金山に向けて出立した。すでに雲は切れ、青空が覗いている。この後、雨にたたられることはなさそうだ。

村を出てしばらく進んでから、喜久江がこの先のことを説明した。

「秋葉山の手前で街道を外れ、秋葉山の東を回る道に入ります。山の北側に出てから、山へ分け入ります」

「その分け入る道が、金山へ続くのか」

沢木が確かめるように聞いた。喜久江が頷く。

「人に見えぬよう、細工がしてあります。私たちでないと、わかりません」

「金山の山番は、どうなってるの。確か、国衆の一人が治めてるんじゃないの」

麻耶が問いかけた。喜久江は、そうですと答えた。

「秋馬《あきば》右京介《うきようのすけ》様という国衆が、屋敷を構えています。でも、今言った道を通れば、その目に付かずに金山に入れます」

秋馬は、秋葉寺に縁のある一族だが、寺から離れる時、敢えて「葉」の字を「馬」に変えたそうだ。今川に従った後、領内で金山が見つかったので、そのまま金山の支配役を任されているという。

「隠し金山ですから、秋馬様が金山支配をなすっていること、他の国衆は知りません。秋馬様の御領への表の道はもちろんありますが、金山への道は隠してあるのです」

「でも金山支配役なら、隠し道も仕事として見張ってるんじゃないの」

麻耶が懸念を示した。喜久江は、そうでもないと言う。

「御領の御屋敷から金山への隠し道は、見張られていると思います。でも、私たちが行こうとする裏道の方は、御屋敷からだいぶ離れているので大丈夫なはずです」

その裏道も隠された道なので、本来人気のないところに見張り番などを置いて目立たせては意味がない、というわけだ。なるほど、言われてみればその通りだ。

「秋馬の手勢は、どれほどかな」

沢木が念のため、というように聞いた。

「おおよそ、百人ほどかと」

ふむ、と沢木は顎を撫でる。

「それは、相手にしないのに越したことはないな」

「当り前だ。そのために、裏から忍び入ろうとしてるんじゃないか」

嵐丸が言うと、沢木は「だよな」と笑った。


昼過ぎ、一行は犬居《いぬい》の城下に入った。小さいながら城下町があったので、嵐丸は二人の娘を気遣って、少し休もうと茶屋に足を向けた。ここは秋葉山の麓で、秋葉寺や山頂の秋葉神社に詣《もう》でる人が立ち寄っているようだ。今は参詣者も少ないが、乱世が終わればまたここも栄えるのでは、と嵐丸は思った。

「この城下は、早いうちに抜けよう」

板敷きに座って今朝もらった握り飯を頬張り、酒を少々啜ったところで、沢木が顔を寄せて囁いた。嵐丸は眉を上げた。

「何か厄介事でも」

「ここの城主の天野《あまの》家は、安芸守《あきのかみ》家と宮内右衛門尉《くないうえもんのじょう》家と二通りあってな。惣領の立場を争ってるうえに、所領のことでも度々揉めてるんだ」

沢木が言うには、その揉め事で今川の御屋形が、惣領である安芸守を差し置いて右衛門尉の肩を持ったので、家中が険悪になっているとのことであった。

「あの野伏せりも、事によるとそこから弾き出された連中かもしれん」

「やけに詳しいんだな」

嵐丸は素直に感心した。

「でも、俺たちには関係なかろう」

そうでもない、と沢木はさらに言った。

「安芸守の方は、今度のことを恨んで今川を捨てるかもしれん。この周りの国衆は、そう考えてる。おそらく、秋馬もな」

俺たち余所者が変に長居したりすると、松平や武田からの安芸守への使者ではないかと、今川の乱波などに目を付けられかねん、と沢木は言った。さすがに気を回し過ぎだ、と嵐丸は思ったが、考えていた以上にこの遠江での今川支配は、揺れ動いているらしい。これは面白くなりそうだな、と嵐丸は内心でニヤリとした。

沢木の言に従い、犬居城下を早めに出た。喜久江によれば、金山まではまだ五里余りあるという。途中で日が暮れるのは、間違いない。暗くなった隠し道を進むのは無理なので、その入り口近くで夜を明かすしかなさそうだ。

「その辺に村はないのか」

沢木が問うたが、喜久江は「ございません」とにべもなく答えた。

「休めるところは、あると思います」

「やっぱり野宿か」

沢木は残念そうに肩を落とした。

「昨夜と違って、雨は降りそうにない。この辺なら、人を襲うような獣もいないはずだ」

まあいいじゃないかと、嵐丸は沢木の背を叩いた。

そこでふと、後ろの方に気配を感じた。だいぶ離れているが、人だ、と嵐丸は思った。さりげなく振り返る。誰の姿も、見えなかった。他にこの街道を歩く者はなく、半刻ほど前に犬居の方へ向かう旅の僧とすれ違っただけだ。

また尾けられているらしい。今度は一人だ。右衛門佐の手の者が、まだ残っていたのか。孝左衛門の家を襲った六人は既に皆、死んでいる。もしかすると、離れたところで襲撃を指図《さしず》していた頭が居て、そいつがしつこく追ってきているのかもしれない。

これは具合が悪かった。嵐丸たちが隠し道に入るのを見届けた上で秋馬の屋敷に先回りされたら、秋馬の手勢が待ち構える中に飛び込むことになる。さっさと始末しなくてはなるまい。

嵐丸は麻耶に声をかけようとした。が、思い止まった。妙だ。嵐丸よりずっと勘の鋭いはずの麻耶が、何も警戒していない。後ろを気にする素振りはないし、何か気付けば嵐丸に告げるはずだ。

嵐丸は気を鎮め、もう一度感覚を研ぎ澄ませて後ろを窺った。気配は、消えていた。

気のせいだったのか。嵐丸は首を傾げた。が、すぐに違う、と思い直した。ほとんど一瞬だったが、あの気配は確かなものだった。とすれば相手は相当な手練れで、嵐丸に気配を感じ取られたのは、ほんの些細な手違いだったのではないか。忍びの心得がある者かもしれない。だが右衛門佐の配下に、そんな奴がいるのだろうか。

「どうかした？」

嵐丸が考え込んでいるのに気付いたか、麻耶が不審そうに目を向けた。

「いや、何でもない。この先のことを、いろいろ考えていた」

軽く言ってやると、「そう」とだけ返して麻耶はまた前を向いた。やはり、後ろの気配は感じていないようだ。嵐丸は少しばかり当惑した。俺だけしか感じなかったとしたら、運が良かったのかもしれない。麻耶だって、気を抜くことはあるだろう。だが、そこではっとした。本当に麻耶は、気付いていないのだろうか。

八

隠し道の入口まであと半里、というところで、紗江が右手の山裾を指した。

「あれを」

その指の先を見ると、岩が窪んで洞穴《ほらあな》のようになっているところがあった。

「あそこで、休めると思います。確か、前にも来た覚えが」

嵐丸は遠目に確かめてみた。その洞穴は、街道からは幅五尺ほどの小川を挟んで、二、三十間ほど離れている。間は草地で、膝高くらいに草が繁っていた。誰かが近付けば、すぐわかる。

「悪くないな」

嵐丸は頷き、そこで夜を明かすことに決めた。一同は街道を離れ、草地に踏み込んだ。

小川を渡る時、沢木は進んで紗江と喜久江に手を貸した。紗江は流れを飛び越えようとして足を滑らせ、「きゃっ」と叫んで沢木の腕の中に倒れ込んだ。ありがとうございます、と言う紗江を見る沢木は、明らかに喜んでいた。沢木が、倒れ込まれた隙に年の割には豊かな紗江の胸をまさぐったのに気付いていた嵐丸は、舌打ちした。

その洞穴は奥行きがせいぜい三間ほどしかなかったが、五人が寝るには充分な広さだった。嵐丸は娘二人を奥にやり、沢木は入口近くに留めた。村の納屋と同様、娘たちにちょっかいを出させないための用心だ。沢木もそれを察して、苦笑しつつ入口の横に寝ころんだ。

嵐丸は、次第に暗くなっていく草地と街道の方を、ずっと見ていた。昼間に感じた気配は、どこにもない。辺りは静寂に包まれている。次第に自信がなくなってきた。気を張り詰め過ぎたための、幻だったのか。

今夜は不寝番は必要あるまい、と思ったので、明日に備えて嵐丸も眠ることにした。沢木はとっくに鼾をかいており、奥からは微かに娘たちの寝息が聞こえる。有難いことに、ここにはムカデなどの厄介な虫もいないようだ。嵐丸は岩壁にもたれて、目を閉じた。

どれくらい眠ったろうか。何か聞こえたような気がして、嵐丸は目を開けた。今のは何だ。夜烏《よがらす》でも、鵺《ぬえ》でもない。もっと甲高かったようだ。何の鳴き声だろう。まるで口笛か何かのような……。

嵐丸は、身を強張らせた。外から何か近付いている。獣か。いや、違う。人だと感じた嵐丸は、脇差に手を当てた。尾けられていると思ったのは、間違いではなかったのか。

洞穴の入口で、弱い月明かりに人影が浮かんだ。嵐丸はほっとして、脇差から手を離した。麻耶だ。小用にでも、立ったのだろう。ならば、気付かぬふりをしておこう。

麻耶は気配を殺しつつ洞穴に入り、娘たちの手前で横になった。この間、衣擦れの音一つさせなかった。嵐丸が起きているのには、気付かなかったようだ。

嵐丸は、ふと訝しんだ。小用にしても、様子を見に出たにしても、麻耶はひどく用心深い動き方をしている。そこまで気遣う必要があるのか。

嵐丸はさっき聞いたと思った音のことを考えた。あれはやはり、口笛だったのかも。誰かの合図？　麻耶はそれに気付いて、探りに出たのか。

外はそれっきり、静かだった。何事も起きそうにない。嵐丸は釈然としないまま、やがて眠りに落ちた。

夜が明けると、嵐丸は真っ先に起きて外を窺った。何の気配もない。獣さえも。遠くで鳥が囀《さえず》るだけだ。

洞穴で皆が動き、順に身を起こした。沢木が大欠伸《あくび》をし、麻耶が両腕を上げて伸びをする。

「よく眠れたか」

嵐丸は、麻耶に聞いた。「うん、充分寝られた」という答えが返った。夜中に一度、外へ出たことは匂わせすらしない。ならば、と嵐丸もそれについて聞くのは控えた。麻耶がもし何か企んでいるのなら、わかるまで置いておく。この先、気を抜けなくなったが、互いを信用していないことは最初から同じだ。

「今日も有難いことに、天気は良さそうだな」

沢木が空を見上げて言った。

「すぐに出るのか」

無論だ、と嵐丸は答え、良いかと喜久江たちに確かめた。二人の娘は、いつでも、と頷いた。

段取りはおおよそ決めてあった。隠し道を伝って金山に出たら、喜久江と紗江は山に隠れて待つ。昼間に入り込むのは難しいだろうから、明け方前に嵐丸と麻耶が金山に忍び入り、精錬した金を見つけられたら、持てるだけ盗み出す。なければ、金鉱石でもいい。沢木は見張り役を務める。首尾よく盗み出せれば、山を抜け、三河への街道へ出て岡崎に向かう。

「夜も見張りが厳重なら、金も鉱石も諦め、金山の詳しい場所だけ確かめて三河へ逃げる」

嵐丸は改めて告げた。単純極まりない策だが、金山の詳細が行ってみないとわからない以上、出たとこ勝負にならざるを得なかった。段取りが細かすぎると却ってしくじり易《やす》い、ということも、経験からわかっている。

「見張り番がどこに配されているかも、建物の中がどうなっているかも、行かないとわからんのだな」

沢木が念を押すように言ったが、そうだと答えるしかない。沢木はちょっと不満そうな顔をしたものの、「まあ、何とかなるだろう」と首筋を掻いた。

強い日差しが届き始めた頃、裏道の入口に着いた。ただし喜久江がそうだと言うだけで、嵐丸たちの目にはただの藪《やぶ》にしか見えない。

「これが目印です」

喜久江が指で示した木の幹に、道具で抉《えぐ》ったような傷があった。これも、そう言われない限りわからないだろう。

「こちらへ」

喜久江が藪に分け入った。よくよく目を凝らすと、確かに人が踏みつけたような跡がある。喜久江は木々の間を縫いながら、緩やかな斜面を登っていった。嵐丸は気を集中させ、改めて辺りを窺った。尾けている者やこちらを見ている者の気配は、感じられない。嵐丸は安堵し、喜久江の後を追った。

しばらく進んだところで、腰ぐらいの高さのある大きな岩にぶつかった。人が踏んだような跡は、そこで終わっている。

「どっちへ行くんだ」

沢木が左右を見回して聞いた。左右とも太い木が重なって生え、進めそうにない。

「これを動かして下さい」

喜久江が岩を叩いて言った。嵐丸は沢木と一緒に岩に歩み寄って、両側から手を掛けるとぐっと力を込めて押した。

岩が、ごろんと転がった。高さほどに奥行きがなく、さして重くない。どこかから運んで来て、道を塞《ふさ》ぐために置いてあったもの、とわかる。その先には、沢の方へ下る獣道が続いていた。得心した嵐丸と沢木が岩を元通りにし、五人は喜久江を先達に一列になって、足を踏み外さぬよう慎重に歩き始めた。

距離自体はそれほどでもないはずだが、ほとんど道とは言えないところを歩いているので、進むには時がかかった。喜久江は時々立ち止まり、目を凝らして周りを確かめてから、また歩き出すことを繰り返していた。何度かは紗江にも聞き質《ただ》した。大丈夫なのか、と沢木は不安げな顔を嵐丸に向けたが、ここは喜久江と紗江を信ずるより他にない。

隠し道に入って一刻ほども経ったかと思う頃だった。ふいに麻耶の顔が強張った。

「止まって」

押し殺した声で言った。喜久江が驚きを浮かべて振り向く。何か、と聞く前に麻耶が言った。

「先に、人の気配がする」

えっ、と喜久江が目を丸くする。

「こんなところに、誰もいるはずが」

麻耶は、しいっと指を口元に立てると、嵐丸に目で合図した。嵐丸は心得て、落ち葉を踏んで音を立てぬよう、そっと前に出ると、木の陰から先の方を窺った。

二十間ばかり先の木の間に、具足姿の男が見えた。二人だ。足軽らしく、一人は槍を立てている。動き回る様子はなく、何か待つようにその場でじっとしていた。この気配を感じ取った麻耶は、さすがだ。

嵐丸はそうっと後ずさり、皆のところへ戻った。喜久江と紗江が、心配そうな顔を見せる。嵐丸は、悪い知らせを小声で伝えた。

「見張りがいる。二人だ」

えっ、と喜久江が息を呑んだ。

「まさか、ここに」

裏道に見張りを置いて目立たせては隠している意味がない、と喜久江の話から思い込んでいたのだが、その思惑は外れたようだ。

「そこは考えた上で、こんな奥に見張りを置いたんだろう」

沢木が言った。いや、と嵐丸は首を傾げる。

「それでも、常にこんな山の中にわざわざ見張りを置いておくとは思えん。何かあったのかもしれん」

沢木はぎくりとした。

「俺たちのことを、待ち伏せているのか」

「どうかな」

三浦右衛門佐は、嵐丸たちが金山に向かったことを当然、知っている。だが、いつ金山の秋馬に知らせたのか。道は嵐丸たちが辿って来た一本で、ここまで誰にも追い越されていない。強いて言えば、一宮から犬居までは他の道もあるのだが、だいぶ遠回りになる。右衛門佐の指図で手配りしたとすると、余りに早過ぎる。嵐丸自身、右衛門佐の指図が間に合わないだろうと踏んだからこそ、ここまで来たのだ。

「何か他の理由があるのかもしれん。俺たち以外の誰かが、先に金山に入ろうとしたとかな」

「どこのどいつが、そんな」

「知るか。思い付きで言っただけだ」

嵐丸は沢木を黙らせ、どうするか考えた。あの二人を片付けるのは、たやすい。だが、金山の方では曲者《くせもの》を待ち構え、幾段も備えをしているだろう。これは厄介なことになった。

「とにかく、奴らからもう少し離れよう」

嵐丸は、来た道を戻るよう促した。

「で、どうすんの。このまま進む？」

五十間ほども後戻りして、見張り番たちに気取られる恐れがないところまで来てから、麻耶が言った。嵐丸は顔を顰めた。

「それは上策とは言えまいな」

だよね、と麻耶も賛同する。

「金山に入るのはやめて、絵図の写しだけ持って岡崎に行ってみる？」

松平家の連中には疑いの目で見られるだろうが、だったら他所に売る、と言えば幾ばくかの金は出すだろう。それで辛抱し、喜久江と紗江を三河の縁者のところに送り届け、手仕舞いとする。今の具合では、それが一番無難だ。

だが、そうだな、と言いかけたところで、沢木が口を出した。

「待て待て。そう簡単に退いていいのか」

嵐丸は眉をひそめた。

「何だ四郎三郎。他に策でもあるってのか」

問われた沢木は、ニヤリとした。

「策なら、あるぞ」

「出まかせじゃないだろうな」

さすがに唐突だったので、嵐丸は疑いの目で見た。沢木の方は、動じた様子はない。

「表から堂々と行く、という手もある」

「何だって？」

嵐丸は啞然とした。この男、頭がどうかしたのか。

「まあ聞け。秋馬右京介のことだ」

沢木はいかにも大事なことを披露するように、一同を見渡した。

「奴は今川を捨てて、松平と組む気になっている」

ええっ、と沢木以外の四人は揃って、驚きに目を丸くした。

「秋馬が松平につくだと？　何故そんなことを知っている」

嵐丸が詰め寄ると、沢木は薄笑いを浮かべた。

「まあ俺も、あちこちでいろんな話を耳にしているんでな」

そう言われても、すぐに信じる気にはなれなかった。しかし今までの沢木の言を聞いていると、今川本家だけでなく、犬居の天野家のような国衆の事情も、よく知っているのは間違いないと思えた。

「その話、本当なのか」

嵐丸はさらに質した。見ると、喜久江と紗江はすっかり困惑し、麻耶はどう言ったものかわからない、という顔をしている。表情から解釈する限りでは、沢木以外にこの話を耳にしていた者はいないようだ。

「どこで聞いた」

「それは言えん。だが、遠江か三河の国衆の一人、とだけ言っておこう」

うーん、と嵐丸は唸った。これはどうしたものか。迷ったが、このまま隠し道を進むのは分が悪い以上、金山に行くのを諦めるか、沢木の策に乗るしかなさそうだった。

「表から行って、秋馬右京介に直談判する気か」

「下手な小細工をしたり忍び込んだりするより、まともに当たった方がいい時もある」

沢木は胸を張った。即ち、秋馬に松平に味方する気なら、金山の全てを明かせ、と持ちかけるつもりなのだ。嵐丸はまだそこまで割り切れない。

「一か八かの賭けじゃないか」

「裏道から行くのだって、それに近かろう」

これには、返す言葉がなかった。嵐丸はちらりと麻耶を見た。麻耶も考え込んでいるようだったが、嵐丸に促されると、仕方ない、という風に黙って頷いた。喜久江と紗江はと言えば、もう嵐丸たちに従うしかない、と決めているようだ。嵐丸は、腹を括った。

「わかった。あんたの策に乗る」

ようし、と沢木は笑みを浮かべ、右手の親指を立てた。

「口上は、俺に任せろ。お前さんたちは、話を合わせるだけでいい」

嵐丸はまだ沢木に身を預けようとは思わなかったが、不承不承に頷いた。

五人は来た道を戻り、再び街道に出た。街道に通りかかる人はおらず、誰にも目にされることはなかった。沢木は先頭に立ち、堂々とした歩き方で北へと進んだ。喜久江が言うには、この先で信濃への街道からそれて山の奥に通じる道があり、その行き止まりに秋馬の屋敷があるという。

一里ほど進むと分かれ道に道しるべがあり、左に行くと秋馬郷と記されていた。一行はそれに従い、左に道をとった。日はもう、傾きかけている。

まだ不安で一杯の嵐丸は、沢木に小声で聞いた。

「本当に、秋馬は信じていいのか。右衛門佐の手の者が、じきに金山まで来るぞ。秋馬が今川を捨てる気なら追い払うか誤魔化すかするだろうが、でなければ……」

「うるさいな。任せろと言っただろ。どのみち、そうするよりないんだ」

今からでも三河へ抜ける道へ、と言いかけたが、嵐丸は諦めた。娘二人を連れていては、追手がかかれば逃げきれない。当面は沢木に身を預け、このまま行くしかなさそうだ。

さらに一里ばかり行くと、具足姿の男が二人、道を挟むように立っていた。秋馬配下の足軽に違いない。

「待て。何者か」

足軽たちは、嵐丸らの前に立ちはだかった。余所者は全て、詮議しているようだ。沢木は一歩前に出て胸を反らすと、やや居丈高に言った。

「三河より参った者だ」

「三河の商人か」

足軽は嵐丸たちをじろじろと見て、言った。女たちに目を留めると、足軽たちの目尻が下がった。

「女を三人も連れて、商いか。しかも、ずいぶんと上玉ではないか」

足軽は、遊女屋の連中、と思ったらしい。それは好都合だった。

「選りすぐりの女たちでございます」

嵐丸は調子を合わせて言った。麻耶が心得て、媚《こ》びるような笑みを足軽に向けた。足軽たちの鼻の下が、ぐっと伸びる。

「右京介様の御屋敷に伺いたい。耳寄りな話も、持って来ている」

沢木が言うと、足軽二人は顔を見合わせた。主家の屋敷に行くというのを通していいものか、考えているようだ。だが、ここで麻耶の色香が物を言った。

「何卒《なにとぞ》お通し下さいますよう」

艶《つや》っぽい仕草と声に、足軽たちは負けた。侍が一人だけで後は町人と女なら、害にはならぬと踏んだのだろう。

「通れ。御屋敷は道の突き当りじゃ」

足軽は、顎で促した。嵐丸は丁重に礼を言って、そこを通り抜けた。

しばらく上り道を歩くと、道に沿って百姓家や町家が現れた。見たところ、三、四十軒はある。ここが秋馬郷だろう。道に出ていた住人が嵐丸たちに気付き、好奇の目を向けた。特に女三人に、視線が集まった。鄙《ひな》には稀《まれ》な容姿に、釘付けになっている。麻耶は慣れているのか平気な顔だが、喜久江と紗江は恥ずかし気に俯いた。

家並みの先に、門が見えてきた。簡素だが、門柱の上には切妻屋根が載り、それなりの重みを見せている。門の両側には土塁と板塀が続き、手前に竹矢来が組んであった。ここが秋馬右京介の屋敷に違いない。

門扉は開いていたが、門番が四人ほど詰めており、嵐丸たちが近付くと前に出て来た。

「何用じゃ」

門番頭らしい髭面の男が、鋭い目付きで嵐丸たちをねめつけた。嵐丸は急いで、

「三河から参りました、五郎兵衛と申します」と頭を下げた。門番頭は胡散《うさん》臭げに嵐丸を見下ろしたが、麻耶と喜久江と紗江を見ると、顔つきが和《やわ》らいだ。

「遊女を連れて参ったか」

嵐丸が、左様で、と答えてから、沢木が門番頭に歩み寄り、囁くように言った。

「内々での話もある。上士に取り次いでもらいたい」

何、と門番頭は眉を上げた。いきなりやって来て上士に会わせろとは、怪しい奴だと思ったのだろう。が、沢木があまりに堂々としているのと、美女を三人も伴っていることで、どう対応したものか判断がつかなくなったようだ。

「しばし待て」

門番頭はそれだけ言い置いて、奥に入った。門から十間ほど先に、板葺きの主殿らしき建物がある。門番頭はその裏手に消えた。

嵐丸は、その間にさっと秋馬の屋敷を見渡した。広さは、おおよそ二十間四方というところだ。山を背にしており、片側は崖になっていた。まずまずの要害だが、土塁と板塀だけで堀などはなく、城というような体裁ではない。本気で攻められたらここは捨て、山に籠るのかもしれない。

門番頭が戻って来た。具足を着けていない、素襖《すおう》姿の侍を伴っている。沢木の頼み通り、上の者を呼んできたらしい。

素襖姿の侍は、嵐丸たちの前に立つと背筋を伸ばし、まず沢木に言った。

「秋馬右京介が家来、片倉伝蔵《かたくらでんぞう》と申す。貴公は」

「三河より参った、沢木四郎三郎でござる」

沢木は軽く一礼した。

「それで、話とは何か」

「三河より参った、ということで、おおよそはお察しいただけるかと存ずるが」

片倉と名乗った侍の顔が、硬くなった。門番頭に、下がっていろと手を振る。門番頭は、すぐにその場を離れ、門際の持ち場に戻った。

「なれば、その女どもは何じゃ」

片倉が麻耶たちを横目で見て、聞いた。沢木は心得たように声を潜める。

「縁者の娘だ。だが、さっきもそうだったように、女連れの方が何かと都合が良い」

片倉はむっとしかけたが、「左様か」とだけ言った。沢木は、その先に踏み込んだ。

「右京介殿に、御目通り願いたい」

「いきなり、無礼であろう」

片倉は目を怒らせた。

「まずは、それがしが話を聞く」

沢木は、承知した、とすぐに応じた。嵐丸は胸を撫で下ろした。少なくとも、すぐさま囲まれて討ち取られる、という次第にはならずに済んだ。今さらだが、沢木の読みはどうやら正しかったようだ。

九

主殿に上げられ、麻耶たち女三人は、玄関脇の部屋で待つよう言われた。沢木と嵐丸はもう一つ奥の部屋に通された。

「さて、まずはどこの家中のお方か、伺おう」

板敷きに座るなり、片倉が尋ねた。前置きも何もなしの、直截な問いだ。沢木は咳払いし、片倉の目を真っ直ぐ見返して答えた。

「松平蔵人佐が家中にござる」

嵐丸は、啞然とした。まさかいきなり、松平元康の直臣だと名乗るとは。辛うじて動揺を顔に出さずにいると、片倉が声をかけてきた。

「こなたも、商人ではなかろう」

沢木がちらりと目を向けてきた。うまくやれ、という意味だ。いい気なもんだ、と嵐丸は苛ついたが、居住まいを正して床に拳をつき、片倉に頭を下げた。

「嵐丸と申します」

ふむ、と片倉が訳知り顔で頷く。

「やはり蔵人佐殿ご家中か。忍びかな」

「忍びではござらぬが、それに近き者、とご承知いただければ」

まあ忍び込みの盗人なんだから、忍びに近いと言って間違いでもない。相わかった、と片倉が応じた。

「それで、話とは」

さあここからが肝心だぞ、と嵐丸は沢木を窺った。内心はどうかわからないが、沢木は平然としているように見える。「されば」とまず言って、話を始めた。

「今川家におきましては、いささか家中に緩みが見えまするな。特に昨今、三浦右衛門佐の如き者が御屋形様にへつらい、その専横ぶりは目に余る、と聞く」

片倉の顔が歪んだ。沢木の言いようが大袈裟《おおげさ》過ぎ、気分を害したか。それとも、右衛門佐の行状に本当に憤っているのか。

どうやら、後者らしい。片倉は否定をせずに言った。

「であれば、どうだと」

「右京介殿のご心中は、如何《いかが》でしょうかな。ご不満、とは漏れ聞いておりますが」

踏み込んだな、と嵐丸は思った。片倉がこれにどう答えるか。秋馬右京介に迷いがあるなら、煽《あお》るような言い方はまずいかもしれないが。

片倉は少し間を置いてから、短く言った。

「確かに」

お、これは、と嵐丸は目を瞬いた。右衛門佐についての考えを聞いた形だが、右衛門佐が今川氏真の最も重要な側近の一人である以上、片倉は秋馬家が今川家に不満を持っていることを、認めたと同じだった。

「貴公、我が主に松平に与《くみ》せよと言いに来られたか」

片倉が、はっきりと問うてきた。

「いかにも」

沢木は動じもせず、遠回しな言い方もしなかった。

「犬居の天野家のうち、安芸守殿が我らに通じておること、ご存じですかな」

何、と片倉が眉を吊り上げた。これには嵐丸も驚いた。確かに沢木は犬居城下で、天野家が二つに割れているとの話をしていたが、片方が松平に付いた、とまでは言っていなかったではないか。

「誠でござるか」

沢木は笑みを浮かべ、左様ですと言い切った。片倉は眉根を寄せた。天野の領地は秋馬の領地の隣であり、片倉は心中穏やかでなくなった様子だ。

「この先のことは、右京介殿に直にお伝え申し上げたい。お取次ぎ願えるか」

片倉は唸り、「しばし待たれよ」と言って座を外した。

少し待っていると、廊下に足音がして、身分のありそうな侍が二人、入って来た。

一人は小袖に胴服、もう一人は片倉と同様の素襖姿だ。見たところ、どちらも片倉より少し年上の、三十半ばほどか。嵐丸と沢木は、平伏して迎えた。

「秋馬右京介である」

胴服の侍が、座に着くなり名乗った。もう一人の方は、佐久間嘉右衛門《さくまかえもん》という家臣だった。片倉より上座、秋馬の脇に侍《じ》しているので、たぶん家老格だろう。

沢木は、改めて松平の臣であると告げた。秋馬と佐久間は頷きを返したが、信用されたかどうかまでは読めなかった。

「蔵人佐殿の指図で、参られたか」

佐久間が問うた。沢木は堂々と胸を張り、「左様」と返事した。

「右京介様に、我らに味方するよう説きに参上いたしました」

嵐丸は冷や汗が出そうになった。勝手にそこまで言って、いいのか。だが、あまりに自信ありげな口調なので、出まかせとはとても思えなかった。

「犬居の天野安芸守がそちらに付いた、とのことであったが」

「左様。駿府の御屋形様が、右衛門尉殿の言い分を認めたことを、余程腹に据えかねたものと見えますな」

うーむと佐久間が唸った。沢木の言ったことは、秋馬家でも充分に思い当たるものであったらしい。佐久間は秋馬と目を合わせた。明らかに懸念が現れている。

沢木は存外、上手いな、と嵐丸は少し感心した。秋馬の所領の北側の山向こうである伊那《いな》は、甲斐の武田方の領分であった。これで南側の天野安芸守が右衛門尉を追い落として天野家を丸ごと手中にすれば、秋馬は武田方と松平方に挟まれる格好になる。当然、嬉しくはない。沢木の読み通り秋馬が松平に傾いているなら、この話は秋馬の背中を押すことになるに違いない。

「いささか厄介なことになるな」

秋馬は眉をひそめた。口に出すとは、少し不用意ではないか、と嵐丸は思ったが、沢木は我が意を得たりとばかりに切りこんだ。

「左様、まさしく厄介なことでござる。しかしここで右京介様が我が殿にお味方し、安芸守殿と手を組んで右衛門尉殿を攻めれば、ここら一帯は皆」

「松平のものになる、ということか」

秋馬が、語尾を引き取った。

「されば、駿府も容易に手は出せますまい」

沢木が言うと、佐久間が反論した。

「逆に、遠江一帯が乱れる前に手を打っておこうとされるやもしれぬな」

今川氏真が、本気で全軍を挙げて潰しにくる、ということか。それもあり得る、と嵐丸は心配になったが、沢木はそれも考慮の上、とばかりに言い返した。

「そうなれば、我が殿も押し出してくる。ずるずると戦いが広がることは、今川の御屋形様も望んではおられますまい」

沢木の言うように、先だっては氏真自らが出張って三河に攻め込んだが、大きな戦果は挙げられぬまま引き上げていた。本気で三河を攻める覚悟がない限り、氏真も秋馬と天野を一気に討伐することは難しい、というわけだ。嵐丸は、そこまでは言い切れまい、と思ったが、沢木はさも当然のことを述べたような顔をしている。

「なるほど」

一呼吸置いて、秋馬が言った。

「沢木殿の申し様、腑に落ちる」

「されば、お味方下さいますか」

沢木がここぞと踏み込んだ。が、秋馬はすぐには頷かない。ちらりと佐久間に目をやった。佐久間は咳払いして、沢木を見据えた。

「お話はもっともなれど、今一つ確かなものが見えぬ」

沢木は眉をひそめた。

「証しが必要、ということですかな」

「そもそも、蔵人佐殿のご家中で沢木という名は聞いたことがない。所領は、どちらか」

嵐丸はまた、背筋が冷えるのを感じた。いよいよ騙りと気付かれたか。だが沢木はその答えも用意していた。

「挙母《ころも》近くに、五百貫《かん》ばかり」

はて、と佐久間は首を傾げる。

「あの辺りは酒井将監《さかいしようげん》殿の所領では」

「その近傍でござる」

「にしても、初めて聞く。新参ですかな」

嵐丸は、尻がむずむずしてきた。こうまで畳みかけられて、沢木は耐えられるのか。それでも沢木を横目で見ると、内心はどうか知らないが、至って平気な顔である。

「今年になって、取り立てていただきました」

佐久間の顔が、少し曇った。新参者を交渉役に遣わすとは、軽く見られたものだ、と思ったのだろう。だが、沢木はそれも考えてあったようだ。

「新参ゆえ、目立った働きを為さずば殿にも譜代の方々にも、顔が立ちませぬ。そこで無理をお願いして、此度《こたび》の使者を買って出ました次第」

ふむ、と佐久間が頷いた。得心したかどうかはわからない。「殿」と秋馬に声をかける。

「如何思召《おぼしめ》されますか」

「さて、のう」

秋馬は思案するように顎を掻いた。

「蔵人佐殿の書状でもあれば、のう」

それは、と沢木はかぶりを振る。

「ここへ来る前、一時、右衛門佐殿の配下と思われる者に追われました。それも予測できたこと、書状など持っていては危ない。御家にも迷惑がかかりましょう。ゆえに、口上のみにいたしました次第」

嵐丸には、いささか苦しい言い訳に聞こえたが、秋馬と佐久間はどっちつかずの顔をしている。これは、追い返される恐れが大きくなった、と嵐丸が思った時、佐久間が秋馬に言った。

「殿、この際、蔵人佐殿と直に話されては如何でしょうか」

これにはさすがに、沢木も驚きを見せた。

「我が主と、直に話すと。いったい、どこで」

「蔵人佐殿に、この地までお出張りいただく、というのはどうじゃ」

「これはまた」

沢木は苦笑を返した。

「お味方いただけるともわからぬのに、主に直々に参れというのは、いささか無茶な話でござろう」

「もっともじゃ。無論、来ていただければその場で、お味方する旨《むね》を申し上げる」

「しかし……」

「騙し討ちを懸念されるのは当然のこと。しかし、ここは信用してもらわねばならぬ」

佐久間が言い張るのに、沢木は押され気味になった。

「信用するかせぬかは、互いのことでござろう。信じていただけるならばこそ、お味方いたそうという話じゃ。理に適《かな》っておると思うが」

「それでも、ここまで出向けとは、さすがに……」

「金山丸ごと、そちらに進呈いたす。出向いていただく値打ちは充分、あると存ずるが」

沢木が口籠ると、佐久間は秋馬の方を向いた。

「如何でございましょうか」

「うむ、妙案じゃ」

秋馬が笑みを見せて応じた。こうなると、沢木も嫌とは言えまい。

「……わかり申した。では、岡崎に使者を立て、殿の意向を確かめまする」

「おお、そう願えるか」

「しかし、殿の出馬を仰ぐ以上、金山についての証しもいただきたい」

沢木は食い下がった。

「証し、とは」

「それがしのこの目で金山を確かめたい。鉱石の幾つかもいただければ、それも岡崎に送ります」

「その儀は」

佐久間は承知しなかった。

「金山には、蔵人佐殿が来られたら案内いたす。互いの盟約が成る前に、金山のことを全て明かすわけにはまいらぬ」

これについては譲る気はないと、佐久間の目が語っていた。沢木は諦めた。

「止むを得ませぬ。それがしが聞き、目にしたことだけを岡崎に送りまする」

佐久間は満足した様子で、秋馬と目を見交わした。


嵐丸たちは、岡崎から元康が来るまでここに留まるよう言われ、敷地内にある離れをあてがわれた。部屋数が三つの、小さな建物だ。四方に、槍を持った足軽が張り番に立った。護衛というより、逃がさぬための見張りだろう。何かあれば、即座に始末する気に違いない。

秋馬らとの話を終えて部屋に引っ込むとすぐ、嵐丸は沢木の肩を摑んだ。張り番に聞こえぬ程度に声を低めて、詰め寄る。

「何なんだよ、あれは。寿命が縮んだぞ」

「そう怒るな。まあまあ、上手く運んだじゃないか」

腹立たしいことに、沢木は薄笑いを浮かべている。

「何が上手く、だ。松平元康自身を、ここに呼ばなきゃならなくなったんだぞ」

女三人が、それを聞いて目を丸くした。

「岡崎の殿様を？　どういうこと」

麻耶が迫ったので、嵐丸は一部始終を話した。麻耶は天井を仰いだ。

「どうしてそうなっちゃうのよ」

「それ以前に、だ。四郎三郎、あんた松平の家臣てのは、無論、嘘だよな」

嵐丸は麻耶を抑えて、沢木に嚙みついた。

「ああ、嘘だよ。俺は牢人だって、最初から言ってるだろ」

「だったら何で、あんな話を」

「そうでも言うしかないだろ。正直に牢人と盗賊だなんて言ったら、どうなると思う」

それはそうだが、こんな展開を望んでいたわけではない。

「任せろと言うから任せたのに。あんた、こうなることは読めてたのか」

「いや、元康を呼んで来いと言われるとまでは、思わなかった」

沢木は、松平の者と言っておいて、秋馬と松平の橋渡しをする条件に金山を見せてもらい、改めて岡崎に行くつもりだった、と話した。

「つまり、秋馬の寝返りと金山を手土産に、松平に自身を売り込もうって算段だったのか」

「簡単に言うと、そうだ」

沢木は笑って、頭を掻いた。まるで楽しんでいるかのようだ。

「何が簡単に、だ。最初から、松平には伝手さえなかったんだな」

そういうふりを続けていたのに、と嵐丸が怒ると、沢木は少しだけ済まなそうな顔をした。

「話の都合で出したハッタリだ。伝手があれば、こんな面倒なことをせずに、直に岡崎へ仕官を頼みに行ってる」

確かにそうだ。半ばは信じた自分が馬鹿らしい。

「そんな図々しい企《くわだ》てが、あんたの思惑通りに運ぶわけがない」

「運ぶと思ったんだがな」

嵐丸は、沢木の横っ面を張り飛ばしたくなった。

「で、どうするんだよ」

「どうもこうも、こうなった以上、岡崎に聞いてみるしかないさ」

「誰が、どうやって」

あまりにいい加減だと思って嵐丸は怒ったが、沢木は麻耶に向かって気軽に言った。

「というわけだから、よろしく」

麻耶が目を剝く。

「あたしに岡崎に行けっての？」

「あんた、松平の家中には顔が利くんじゃないのか」

うーんと麻耶が唸る。嵐丸は目を丸くした。

「お前、いつの間に松平と、そんな間柄になっていたんだ。今までひと言も言わなかったじゃないか」

「聞かれないから、言わなかっただけ」

麻耶は舌を出した。

「顔が利くって言っても、何人か話のできる人がいるくらいだけど」

「だから頼む。この話をしてきてくれ」

あんたねえ、と麻耶は呆れ顔で言った。

「殿様を引っ張り出す話を、あたしにまとめて来いっていうの？　冗談じゃないよ」

「そう言わずに、頼むよ」

沢木は麻耶を拝んだ。

「話を伝えられても、向こうが乗ってくるかどうか」

「それは仕方ない。だが、乗ってくるように上手に持ちかけてくれ。あんたなら、そ

「色香でどうこうできる相手じゃないんだよ。秋馬右京介の花押《かおう》入りの書状とか、ないの？」

「ない。こっちも松平の書状を持って来たわけじゃないんだ。一応頼んでみたが、お互い様だと断られた」

秋馬だって、嵐丸たちの申し出が罠《わな》かもという疑いは持っているだろうし、うっかり松平宛の書状など書いて駿府の手に渡ったりしたら一巻の終わりだ。そう言われて、麻耶は沢木を睨みつけたが、やがてやれやれと嘆息した。

「ここに来ちまった以上、やるだけやっとくしかないか」

麻耶はちらりと外を見た。もう日は暮れかけている。

「夜明けに出る。戻るまで、三日はかかるよ」

充分だ、と沢木は笑顔で言った。嵐丸は沢木の背中を小突いた。

「あんたが麻耶と組んだのは、麻耶が松平に伝手を持ってたからか。金山に目を付けたこと自体が、松平に取り入るための手だったとはな。付き合わされる羽目になった俺こそ、いい面の皮だ」

まったく、と嵐丸は大仰に溜息をついた。そう言うな、と沢木は嵐丸の肩に手を回した。

「これがうまく行ったら、お前さんも松平で召し抱えてもらえるぜ」

「それこそ願い下げだ。俺は気ままにやりたいんだ」

嵐丸は沢木の腕を払って言った。

「だいたい、何で松平なんだ。あそこはまだ弱い。今川には先がないと見ているにしても、武田や北条、尾張の織田、もっと先に行けば上杉《うえすぎ》や朝倉《あさくら》もあるのに」

「どれも大き過ぎる。新参が働ける余地は少ない。織田は新参でも役に立てば取り立てるが、大将が気難しいって話だからな。その点、松平ならこの先、まだ大きくなりそうだ。周りに敵が多いから、手柄の機会もたくさんあるだろう」

簡単に考え過ぎじゃないのか、と嵐丸は思ったが、言っても軽くあしらわれるに違いない。好きにしろ、とだけ返しておいた。

「あのう」

それまで黙って聞いていた喜久江が、恐る恐る、という感じで口を出した。

「私たちは、どうすれば」

心配するな、と沢木が笑いかけた。

「事が済めば、ちゃんと三河に送ってやるさ。それまで、のんびり待ってろ」

「それで、大丈夫なのでしょうか」

「ああ。俺が首尾よく松平の家来になれば、もっと大丈夫だ。俺は独り身だし、何なら……」

それ以上言う前に、嵐丸は沢木を押さえつけた。喜久江と紗江は、困ったように顔を見合わせている。

十

翌朝目覚めると、隣の部屋の女たちはもう起きている気配がした。声をかけてみたところ、麻耶は既に発ったという。わかったと返事して、嵐丸はすぐ横で寝ている沢木を見やった。轟々《ごうごう》たる鼾をかいて、熟睡している。この鼾のおかげで、昨晩はなかなか寝付けなかった。どういう胆《きも》をしてるんだ、と嵐丸は呆れた。

身支度を整えると、朝餉が供された。飯と山菜と汁だったが、飯が雑穀でなく米なのは有難い。昨夜の夕餉は川魚も出たので、ここにいる間は悪くない食い物にありつけそうだ。それがこの世で最後の飯になるかもわからない、というのが難だが。

飯の後は、特にするべきことがなかった。麻耶が岡崎から帰るまでは、ただ待つだけだ。沢木は食った後でまた、寝転がった。何か鍛錬でもすればいいのに、と思ったが、当人にそんな面倒なことをする気はないらしい。

嵐丸は外に出てみた。一歩踏み出すと、張り番の足軽がじろりと目を向けた。が、何も言わない。この離れに閉じ込めるとか、そこまでのつもりはないようだ。嵐丸はひとまず安堵し、手足を大きく伸ばした。

屋敷の中を、歩き回って見た。主殿と離れの他、近習の侍屋敷や門番小屋、厩、蔵などがある。塀のところどころに、盾を並べた見張り台があるのは、いかにも武将の屋敷らしい。

昨日入った表門を出た。やはり止められはしなかった。だが、足軽が一人、後をついて来た。縛りはしないが見張っておく、ということか。まあ、当然だろう。

草鞋《わらじ》や籠《かご》を売る店があったので、覗いて主人に景気はどうだと聞いてみた。まあこんなところだから、とだけ返ってきた。余所者とあまり話をする気はないらしい。ここは街道から外れた集落なので、秋馬家の者か金山の者以外、出入りはほとんどないのだろう。

集落を歩き回っても胡散臭がられるだけで、早々に屋敷に戻った。一服して、今度は裏門の方に行ってみる。そちらは閉め切られていた。番をしていた足軽に、ここから出られるか聞いてみたが、外には表に回る細い道があるだけで、何もないと言われた。いざという時逃げるための獣道くらいはあるだろうが、門番がそれを明かすことはなさそうだ。

仕方ないので離れに引き上げてみると、沢木がぼんやり縁側に座っていた。まだ眠そうな目をしている。

「何だ、隠居した年寄りみたいだな」

揶揄《やゆ》しながら隣に座る。沢木は、ふんと鼻を鳴らした。

「これでも、いろいろ心配はしているんだ」

「松平の返事を、か。自分で厄介事を作り出しておいて、何を言ってる」

笑ってやると、沢木は顔を顰めた。

「それだけじゃない。三浦右衛門佐のことだ」

ああ、と嵐丸も思い出した。

「あれきり、追って来ないな。ここまで来られると面倒だとは思っていたが」

「諦めたわけではなかろうが……追っ手は六人だけで、皆討たれたことを右衛門佐がまだ知らんのかもしれん」

「だといいんだがな」

嵐丸は腕組みした。

「知らせが何も来ないのを不審に思って、新たな追っ手を出すのにどれほどかかると思う」

「せいぜい、三、四日だろう」

「もう二日、経ってる。明日か明後日《あさって》、駿府を出たとして、調べながら来るにはさらに三日ほどか」

「合わせて五日以内には、来るだろうと見た方がいいな」

沢木は幾分表情を硬くして、言った。

「その時、秋馬がどう出るかだが、岡崎の返事次第だろうな」

それは嵐丸にもわかった。

「元康が来る、という返事なら、秋馬ははっきり今川に背を向け、右衛門佐の追っ手を始末するだろう。元康が断ったら、当面秋馬は今川に付いたままでいるしかない。二心はないと示さにゃならんから、俺たちを斬って、右衛門佐に差し出すか」

いや、それはあるまい、と言って、沢木は首筋を叩いた。

「秋馬も松平と事を構えるわけにはいかない。今は駄目だったとしても、この先、改めて松平と結ぶことは考えておくはずだ。そのためには、松平の家臣ということになっている俺たちを殺すことは避けるんじゃないか。右衛門佐に知られぬよう、こっそり逃がすだろう」

まあ首は繋がるが、金山は拝むこともできんまま去ることになる、とも沢木は言った。それでは、ここまで来た意味がない。

「そうならない用心のためには、右衛門佐の手の者がここに着く前、先に始末しておくべきなんだが」

と言っても、喜久江と紗江を残したまま、ここを離れて奴らが来るのを見張る、というわけにもいくまい。秋馬はそれを許さないだろう。

「今のところは大丈夫と思うが」

沢木は眉根を寄せた。結局、それも岡崎の態度次第か。麻耶が戻るまで、ずいぶんと気を揉むことになりそうだ。

それまでじっとしているのも癪《しゃく》だ。嵐丸は部屋に入って、喜久江にそっと声をかけた。

「喜久江さん。金山への隠し道は、この屋敷からも通じているんだよな」

「はい、そうですが」

何でしょうと喜久江は小首を傾げる。

「それを教えてもらえないか。秋馬の家来たちの目を盗んで、こっそり見てきたい」

「隠し道を通ってですか。それは難しいのでは」

喜久江が言うには、隠し道の入口は、裏門のすぐ近くだそうだ。つまり、門番などに見られずに隠し道に入るのは無理、というわけだ。

「見張りを誤魔化すことができれば、いいんだろう」

それは難しくない、という自信はあった。隠し道自体は、金を運ぶのに幾人もが通っている道だ。木や石で隠せても、見る者が見れば道だとわかるはずだから、入口と途中の目印さえ教われば、後は行けるだろう。

だが喜久江は、困った顔で俯いた。

「申し訳ありません。実は、途中までしか行ったことがないのです」

「え、喜久江さんも金山までは行っていないのか」

「はい。ここへ来る前に入ったあの裏道、あれがこの屋敷からの隠し道と金山までの中ほどで一緒になるのですが、そこまでしか。後は、父からおおよその話を聞いているだけで」

うーん、と嵐丸は唸った。案内してくれる以上、てっきり金山までの全部を知っていると思っていたのだが。残りは行けばわかるだろう、という肚だったか。喜久江は見るからに済まなそうな表情で頭を下げた。

「お許し下さいまし。最後になってお役に立てずに」

泣きそうになって詫びるので、嵐丸も「気にしないでくれ。ここまででも充分だ」と言うしかなかった。


さて、と嵐丸は考えた。喜久江と紗江が金山の詳しい場所を知らぬとなれば、自分で捜すしかなかろう。嵐丸は離れから外に出ると、改めて周りを見渡した。山に囲まれた土地だが、屋敷が山に接しているのは北側だ。その先は伊那まで、山が連なっている。裏門もあることだし、金山はそちら側だろう。

嵐丸は、さっき顔を合わせた裏門の門番に笑いかけ、その前を素通りした。門番はにこりともしなかった。そのまま、塀の隅まで歩く。塀に沿って右に曲がり、主殿の陰に入ったところで、そっと裏門の様子を窺った。門番は嵐丸の姿が陰に消えるまで見送っていたようだが、今は前を向いて、こちらを見ていない。

嵐丸は主殿の壁板を足掛かりにすると、一瞬で飛び上がり、塀の上に手をついて身を躍らせた。この程度の技は、忍び込みを生業とする嵐丸には簡単だ。

裏手の塀の外側に、堀や土塁はない。山肌は垂直に近いため、そこから駆け下りて来る敵襲はない、と踏んでいるようだ。嵐丸は塀と山肌の間の隙間に足をつくと、音もなく山肌を回り込んだ。動きながら左右に目を走らせ、通れる隙間や足場がないか、探っていく。

三十間ほど進むと、岩の割れ目があった。そこなら、さして苦労なく登れそうだ。隠し道かもしれない、と思い、嵐丸はすぐに登り始めた。

突き出た岩が幾つもあり、それを辿ったので割合早く登れた。てっぺんから見下ろすと、屋敷からの高さは五、六十尺ほどだ。そこから先へは、繁った木々をかき分けねばならない。嵐丸は尖《とが》った枝を避けつつ、ゆっくり進んだ。

しばらく進んで、嵐丸は首を傾げた。目を凝らしても、木の枝が切り払われたり、折れたりしたところが見つからない。下生えを踏みしだいた跡も、見えなかった。昨日、喜久江に案内してもらった裏道には、そういうものが確かにあったのに。忍びだけが通るならともかく、隠してあるとはいえ、金山で働く者が数多く通っているはずの道で、痕跡が何もない、とは考えられなかった。

道ではないな、と嵐丸は悟った。ただ山に分け入っただけだ。だが戻っても仕方がないので、そのまま行ってみることにした。この方角に金山があるなら、何か見つかるだろうと期待して。

一刻ほども歩き回ったが、嵐丸の目に留まったものはなかった。この方角で正しいのか、それにも自信が持てなくなった。木々の間を縫って歩くことはできるので、もしかすると隠し道は一本道などではなく、通れるところを通る、というような大雑把なものではないか、とすら思った。だが目印くらいはないと、山の奥に迷い込んでしまうだろう。

半里ほども来たか、と思ったところで諦め、戻ることにした。戻るための目印は、付けてある。素人《しろうと》なら、屋敷の方角がどちらかという見当も失っているところだ。

主殿の屋根が見える所まで来ると、今度は西の方へ行ってみた。昨日入りかけた裏道は、方角からすると屋敷の南から西側へと回り込んでいるはずだ。その道が屋敷からの隠し道と合流する、と喜久江が言うのだから、金山は北でなければ西だろう、と考えたのだ。

屋敷を見下ろしながら、山の尾根を西へ進んだ。こちらは北側ほど山が険しくなく、歩くのも楽だった。おかげで、半刻もしないうちに隠し道らしきものを見つけた。よくよく見ると、踏み分けた跡が谷筋を回って南に向かっている。昨日辿ろうとした裏道は、これに違いない。

気を良くした嵐丸は、その道筋を追った。ところが、裏門に近付くと道ははっきりそちらに向いているのがわかったが、金山の方へ続く道筋が見えない。それらしき分かれ道の跡が西に延びていたのに、追って行くと途中で消えてしまった。

嵐丸は困惑した。忍びと同様の目を持つ自分に見分けがつかないほど、巧妙に隠された道というのは、ちょっと想像がつかなかった。念入りに隠し過ぎて誰にもわからなくなった、という笑い話じゃあるまいな、とまで思った。

考えあぐねて低い雑木の間に突っ立っていると、人の気配がした。急いで身を隠す。もし金山から誰かが隠し道を通って来たなら、実にいい時に現れてくれたものだ。隠れてやり過ごしてから、そいつが通って来た跡を逆に手繰っていけばいいのだ。

ほくそ笑んで待っている嵐丸の前に、侍が一人、姿を現した。その顔が見え、嵐丸は驚きを隠せなかった。沢木だ。こんなところで、何をしているんだ。

奴は金山を見つけたのだろうか。とにかく、このまま沢木が見えなくなるのを待って、奴の来た方へ行ってみよう。そうすれば、はっきりする。

そのつもりで動き出しかけたのだが、考えを変えた。まずは直に沢木に問い質せばいい。嵐丸は沢木の後ろに回って声をかけた。

「おい、四郎三郎」

沢木が飛び上がった。振り返って、大きな息を吐く。

「何だ、嵐丸か。胆が縮んだぞ」

「俺で良かったな。どこへ行って、何をしてた」

「何をって」

沢木は辺りを見回し、声を潜めた。

「金山を捜していたに決まってるだろう」

やっぱりか。嵐丸は揶揄するように言った。

「抜け駆けかよ」

「いや、見つけたら知らせたさ。そういうお前こそ、どうなんだ。お前も金山を捜しに出たんだろう」

ああ、と嵐丸は当たり前だとばかりに答えた。

「北へ行ってみたが、見つからなかった。そっちは」

「俺はあっちへ行ったが、やっぱり駄目だった」

沢木は西の方を指した。嵐丸と喜久江が話すのを聞いて、嵐丸同様、昨日の裏道から辿ってみることにしたという。

「見落としはないのか」

嵐丸が念のため質すと、沢木は渋面《じゅうめん》になった。

「十町ほども行けなかったからな。その先は下生えが深い上、谷を越えなきゃならないんで、やめにした」

だが、いくら隠し道とはいえ、何の痕跡も見えないというのはおかしい、と沢木は言った。そこは自分も同じ考えだ、と嵐丸は賛同した。

「敢えて見張りは置いていないとしても、人が通ったような匂いすら嗅《か》ぎ取れないいんだ。北でも西でもないってことかな。だが東は村があって開けているし、南は俺たちが来た方角だ。そっちにあるはずはない。どうなってんだ」

嵐丸は考えあぐね、ぼやくように言った。そこへ沢木が囁いた。

「一つ、考えがある」

ほう、と嵐丸は眉を上げる。

「どんな」

「うむ。ひょっとして、隠し道は地面の上からは見えないんじゃないか」

言う意味がわからず、嵐丸は眉根を寄せた。

「地面で見えなきゃ、どこから見える。上でなきゃ下か」

言いかけて、あっと思った。なるほど、それは考えなかった。

「坑道か」

うむ、と沢木が頷く。

「金山の坑道の一つが、屋敷の下まで延びてるんじゃないかと思ってな」

それなら、幾ら地面を捜してもわかるまい。これ以上はない隠し道だ。金山の金掘りが幾人通ろうと、気付かれることはない。

「金も、そこから運び出しているのか」

「隠れて運ぶには、それしかなかろう」

沢木の言うことは、確かに理に適っていた。しかし、まだ得心できないところもある。

「俺は北の方に半里ほども行った。だが、金山のキの字も見えなかった。半里よりずうっと長い坑道なんて、掘れるんだろうか」

「もともと自然《じねん》にできていた穴かもしれん。そういうのを繋いで広げていけば、できなくはないんじゃないか」

それに北じゃなく、西の方かもしれん、と沢木は言った。

「あっちなら、十町ほどしか見てないんでな」

「しかし、谷があるんだろう。谷底のさらに下に坑道を掘って、屋敷の高さまで掘り上げるってのは、さすがになあ」

それもそうか、と沢木は首を捻った。

「まあ、できないと決めたもんでもあるまい。坑道が通じているなら、屋敷の中に出入口があるはずだ。それを捜してみりゃいい」

「それは道理だな」

沢木の言うように、確かめてみる値打ちはありそうだ。頷くと、すかさず沢木が頼んできた。

「あんたが調べてくれ。家の中をこっそり嗅ぎ回るのは、得意なんだろ」

「人聞きの悪い言いようだな」

苦笑したが、その通りだ。夜のうちに調べておく、と嵐丸は請け合った。

「よし、じゃあ任せた。俺は屋敷の外回りを調べて、表門から入る」

沢木は軽く嵐丸の肩を叩くと、塀に沿った踏み分け道を歩いて行った。嵐丸はそれを見送り、誰にも見られなかったことを確かめてから、また塀を乗り越えるべく動きかけた。

が、そこでまた、人の気配を感じた。確かめたはずが、見張られているのを見落としたか。身を木の陰に沈め、急いで四方に目を配る。黒っぽい人影を、十五間ほど先の斜面の木の間に見つけた。侍だが、具足は付けていないようだ。こっちに気付いたろうか。体の動きを全て止め、相手の様子を窺った。

その侍は、嵐丸の方を見ていなかった。見ているのは、ちょうど表の土塁の陰に消えようとしている、沢木の後ろ姿だった。


「俺を見張っている奴がいる？」

沢木は訝し気に聞き返した。塀の外回りを調べ、離れに戻って来たところで、嵐丸にそのように言われたのだ。

「ああ。雑兵ではない侍が一人」

嵐丸の言葉に沢木は、今さら何だという顔をした。

「俺たち皆、秋馬の配下に見張られているだろうが」

「そうだが、四六時中張り付かれてるわけじゃない。あの侍、ずっとあんただけを見ていたようだ」

「俺だけってのは、変だろう」

沢木が言い返す。

「みんなに一人ずつ、付いてるんじゃないのか。まあ喜久江さんと紗江さんには要らんかもしれんが、少なくとも俺とあんたにそれぞれ見張り役がいても、おかしくなかろう」

「いや、俺に誰かくっついてるなら、わからんはずはない。現に、さっき北の山へ入った時には、何の気配も感じなかった」

猿一匹、寄って来なかったんだと言うと、沢木は面白くなさそうに鼻を鳴らした。

「じゃ、どうして俺にだけ」

「こっちが聞きたい。あんた、まだ何か隠してることがあるんじゃないのか」

「ねえよ、そんなの」

沢木は顔を顰めた。

「いや待て。考えてみりゃ、変じゃないかもな。俺は松平の家臣で、あんたらの大将だ。少なくとも、向こうはそう思ってる。なら特に大将だけずっと見張っておこうとしても、不思議ではあるまい」

それはまあ、そうだが、と嵐丸は一応認めた。だがどうも釈然としない。何となくだが、あの侍は、屋敷の同輩たちの目にも付かないようにしていた気がするのだ。

「あの侍、秋馬家中の者に間違いないんだろうか」

嵐丸は独り言を呟いた。これが耳に入った沢木が、びくりとした。

「おいおい、まさか右衛門佐の手の者が来ている、と言うんじゃなかろうな」

「いや、そうは思わん。右衛門佐の配下なら、見張りなんかする必要はない。すぐさま俺たちを討ち取ればいい。西の山に行っていた時、あんたは隙だらけだったろうからな」

自分でもそう思っていたらしく、沢木は舌打ちした。

「俺たちが金山を勝手に捜してると、ばれてるわけだ」

「別に構うまい」

嵐丸が笑った。

「向こうが教えてくれない以上、捜そうとするのは当然だろう。寧ろ、じっとおとなしくしている方が怪しく見える」

そうかな、と沢木は首を傾げた。

「それで、塀の外側に坑道の出入口らしきものは、あったか」

嵐丸が聞くと、沢木はすぐにかぶりを振った。

「何もない。井戸のようなものも、窪みもない。やっぱりあるとすれば、敷地の内側だ」

嵐丸もさして期待してはいなかったので、「そうか」とだけ言った。

夜半を過ぎて、嵐丸は音を立てずに離れを出た。喜久江と紗江の部屋からは寝息が聞こえる。沢木は高鼾かと思いきや起きていて、嵐丸が出て行く時、よろしくと言うが如くに足首を叩いた。

外は半月の月明かりがある。門のところだけは、篝火《かがりび》が焚《た》かれていた。これなら嵐丸にとっては、昼間と同様に動ける。

松明《たいまつ》を掲げて敷地内を見回る者がいた。無論、その連中に見つかるような下手なことはしない。さっと主殿の床下に潜った。

ふと、麻耶はどうしているかと思った。ここから岡崎までは、ざっと二十五里ほど。麻耶の足なら、休み休み行っても今時分には着いている。松平家の誰かに仔細を話し、評定をしてどうするか決めるのに、少なくとも明日一杯はかかるだろう。知らせを持って麻耶が戻るのは、早くても明後日の夜だ。三浦右衛門佐や今川家の誰かに気付かれることなく、無事に戻れよ、と嵐丸は願った。

主殿の中ほどまで来た、と思ったところで、嵐丸は懐から出した竹筒に灯を点けた。先日、右衛門佐の屋敷に忍び入った時に使った、あの道具だ。嵐丸は光が外に漏れぬよう細心の注意を払い、床下の地面を少しずつ調べていった。

半刻余りかけて仔細に見たが、主殿の床下には何もなかった。厨《くりや》の土間や、竈《かまど》の中まで検《あらた》めても、出入口らしきものは見当たらない。

次は厩に行ってみた。眠っている馬を起こすと厄介なので、できるだけ気配も消す。そうやって調べるのは骨だったが、やはりここでも、何も出なかった。さらに厠《かわや》や蔵、自分たちが泊まる離れの下も調べた。変わったところはなかった。

外の農家の鶏が鳴き始めるまでに、離れに戻った。見張りは居眠りしていたが、沢木は起きて待っていた。

「あったか」

勢い込んで、短く聞いた。嵐丸は「いいや」と答える。

「何も見つからん。この屋敷には、あんたが言ったような出入口はない、と考えて良かろう」

沢木は明らかに落胆した。

「駄目だったか。我ながらいい思い付きだったんだが」

その後、やや未練がましく付け加えた。

「屋敷の外、ずっと離れたところにあるんじゃないのか」

嵐丸はその考えを手で払った。

「そんなに長い坑道があるものか。そもそも、屋敷内から出入りできて初めて、役に立つ代物だろう」

「そうか。何もないはずの場所に、侍や金掘りが日々、うろうろしていたら、誰にだって気付かれちまうよな」

沢木は大仰に嘆息すると、寝てから考え直すわ、と言って横になった。それからあっという間に、鼾をかき始めた。


翌日は屋敷の外へ出ず、中の動きを窺うことにした。嵐丸は朝餉を終えてから離れを出ると、いかにも手持無沙汰という風に、欠伸などしながらぶらぶらと歩き回った。そうしながら、秋馬家の侍たちに目を配る。

家中の者は、嵐丸たちにあまり近寄ってはこなかった。もちろん、明らかに見張りとわかる者は別だ。だが他の家臣らも、よく見れば度々こちらに目をやっている。興味はあるが、秋馬から関わり合わないよう命じられているのだろう。佐久間や片倉さえも、初めに会って以後はまともに顔を合わせていない。

(岡崎の返事が来るまで、腫《は》れもの扱いか)

歩き回っても向こうから声をかけて来ないので、気楽と言えば気楽だ。ただし、主殿には入れてもらえなかった。

兵糧蔵から米を運び出していたので、離れたところからちらりと覗いてみた。米俵が幾つも積んであるのが見えた。兵糧は充分なようだな、と嵐丸は見て取った。一昨日ここに来た時は、籠城に向いた堅固なところではないと思ったのだが、よく調べて回ってみると、意外に侮《あなど》れないことがわかった。北側は急峻な山で、西側は谷や深い森が重なり、いずれも大軍を動かすには不向きだ。南と東から攻めるしかないが、そちら側には土塁などの備えがしてある。簡単には落ちないかも、と思えた。

東の塀のところで、沢木が立っていた。矢狭間《やざま》から、ぼんやり外を見ているようだ。おい、と呼びかけようとして、声を呑み込んだ。誰かが、見ている。

そっと左に目を向けると、蔵の陰に侍が潜んでいた。見覚えがある。昨日、沢木を見張っていた男だ。今も明らかに、その視線は沢木を捉えていた。

侍が、びくっとして蔵の裏に引っ込んだ。嵐丸が見ているのに、気付いたのだ。嵐丸は沢木の脇に寄った。

「昨日の奴が、また居たぞ」

「知ってる」

沢木は振り向きもせずに言った。

「見てるだけで何もしてこないから、放ってある」

「気付いてたんなら、いいが」

嵐丸は侍が隠れた蔵の方を気にしながら、言った。

「ここに居るってことは、秋馬の家来に間違いないな」

「言うまでもなかろう。だが、確かに変なところもある」

「と言うと？」

「あいつ、他の家来が通りかかったら、俺から目を逸らした。俺を見張ってることを、誰にも気付かれたくないようだった」

やはりか、と嵐丸は内心で手を打った。昨日嵐丸が感じたことは、間違っていなかったのだ。

「秋馬の命で動いているわけではない、ということだな」

「とすると、右衛門佐か今川家の間者か」

うむ、と嵐丸は小さく頷いた。

「秋馬を見張るために潜り込ませたか、家来の一人を取り込んだんだろう。こいつは、気を抜けんな。証しがないのに秋馬の家来を斬るわけにもいかんしな」

「いいさ。今のところは、害にならん」

沢木は、嵐丸の目を見て言った。言外に告げていることはわかった。岡崎との話が成った時には、直ちに始末せねばならない。嵐丸は、わかったと応じて話を変えた。

「あんた、この屋敷をどう見る」

「どうって？」

沢木はきょとんとした。

「着いた時は、この屋敷の構えじゃ本気で攻められたら終わりだ、と思ったんだが、そうでもなさそうな気がしてきたんでな」

「ああ、そういうことか」

腑に落ちたらしく、沢木が笑った。

「その通り。土塁も表側だけだし、城というほど堅固ではないように見える。だが、地形をうまく利用している。北と西から攻めるのは難しいし、南と東は下から攻め上がる格好になるうえ、攻め口は広くないので、鉄砲と矢でかなり防げる。なかなかの要害だ」

千や二千では、すぐには落とせまい、と沢木は四方を順に指した。

「ひと月も籠城できれば、今川の援軍が来る。それを考えての備えなら、まず充分だ」

沢木は、先ほどの嵐丸の見立てを裏付けた。

「なるほど。あんたなら、どう攻める」

そうだな、と沢木は顎に手を当てる。

「表からまず、それなりの人数で攻めかかる。そちらに気を惹きつけ、腕の立つ者を十人ばかり、夜陰に乗じて北の山から崖を下って屋敷内に忍び込ませ、兵糧蔵と焔硝《えんしょう》蔵《ぐら》に火をかける。屋敷内が混乱したところで、一気に表の主力が突入する」

ほう、と嵐丸は素直に感心した。

「あんたも、ちゃんとした目を持ってるんだな」

「馬鹿にするんじゃない。これでも、多少の兵法はものにしてるんだぞ」

沢木が顔を顰めたので、嵐丸は、済まん済まんと肩を叩いた。やはり、見た目より能のある男なのだ。

「まあ、ここの連中もそれは考えているだろう。機に乗じることができるかどうか、だな」

凡愚な将には難しいかもな、と沢木は締めくくった。嵐丸は、お見事と沢木を持ち上げた。

「ところで、ここで何を見てたんだ」

「うん。外の道をな」

沢木は顎で矢狭間の外を示した。

「何か面白いものが通ったか」

「いや、通らん。だから気になってな」

嵐丸は矢狭間を覗き込んで、首を捻った。

「言いたいことがよくわからん」

沢木は思わせぶりな薄笑いを浮かべた。

「なあ、金山には金掘りの人足が何人くらいいると思う」

唐突な問いかけに、嵐丸は目を瞬いた。

「さあ。少なくとも二、三十人。もしかすると五十人」

「それだけの人数を働かせるなら、毎日どれほどの飯が必要かな」

あ、と嵐丸は声を漏らした。

「米やら味噌やら大根やら、大量に運び続けないといかんわけか。だが、あんたが見る限り、そんなものを運んでいる様子がない、と」

その通り、と沢木は言った。

「隠し道がこの屋敷の周りのどこかから出ているなら、金山で使う米や味噌も、この屋敷に集めてからそこを通って運んでいるはずだ。しかし、ここにはそんな量の兵糧が、常々運び込まれてはいない。傍《そば》を通っている様子もない」

「金山にひと月分くらい貯められる兵糧蔵があって、月毎に運んでいるとか」

「考えられなくはないが、ひと月分とかになると、隠し道を通れるような量ではないだろう」

それもそうだ、と嵐丸は嘆息した。

「金山の奥に、田畑はないんだろうか」

「ないな。田畑が作れるような土地じゃない」

「じゃあ……どういうことなんだ」

だから考えてるんじゃないか、と沢木は返した。嵐丸は、うーんと唸った。

しばらく経ってから、いささか大胆な考えが浮かんだ。

「おい、もっと北の、伊那から運んでるってことはないか」

何だと、と沢木は呆れ顔になる。

「あっちは武田方の領分だろ」

「だからその、武田方の村から運んでるんじゃ」

「確かにそれなら目立たないが、他家の者がどうして。隠し金山は今川のもので、武田にも知られないようにしているはずだろうが」

言ってから沢木は、目を見開いた。

「まさか、伊那の領主は裏で今川と通じているってのか」

いやいや、と嵐丸は手を振る。

「早まるな。そこまで言ってない。ただ、向こうの村の誰かが秋馬に金で買われて、便宜を図っているかもしれない、と思ったのさ」

今度は沢木が、うーんと唸って俯いた。

「あり得ない、とは言えん。敵味方があっさり入れ替わるのが乱世だからな」

そこで沢木は、はっと顔を上げた。

「もしや、金もそっちを通って運び出しているのか。それなら、隠し道がさっぱり見つからないのも当然だ」

「さすがに、それはないんじゃないか」

嵐丸は慌てるなとばかりに掌を出した。

「喜久江さんの話と合わないし、一人や二人を寝返らせただけでは無理だろう。領主の一党がそっくり加担しないと。武田がそれに気付かないとは思えん」

相手はあの信玄《しんげん》入道だぞ、と言ってやると、沢木は一旦、得心顔になった。だが、さらに言い募る。

「今川と武田は、ちょっと怪しくなってはいるが、同盟の間柄だ。裏で金山についての密約があるのかもしれん」

「ええいもう、そこまで考えだすときりがない。この辺でやめとこう」

話の行き着く先が見えなくなり、嵐丸はとうとう投げ出した。

十一

翌日の朝早く、離れの板戸を叩く者があった。嵐丸は既に目覚めており、さっと身構えた。そっと板戸に身を寄せる。

「誰だ」

「あたしよ」

麻耶の声だ。驚いて板戸を開けた。そこに立っていたのは、間違いなく麻耶だった。

「ずいぶん早かったじゃないか」

まあね、と笑って、麻耶は親指を立てた。

「来るよ」

え？　と問い直しかけて、気付いた。

「元康が、ここに？」

麻耶が頷く。嵐丸は仰天しそうになった。丸二日で麻耶が戻ったということは、元康は話を聞いてすぐに承知したわけだ。早過ぎないか。

「自ら来ると、はっきり言ったのか」

「そうだよ」

麻耶は当たり前のような顔で答えた。

「何の条件も加えずに、か」

松平家が金山を喉から手が出るほど欲しがっている、というのはわかる。なので、最後には秋馬の望み通り出向くことを承知するかも、とは思っていた。にしても、人質を求めるとか、何らかの条件を付けてくるに違いない、と踏んでいたのだ。その評定に一日や二日は費やすはず、との読みは、外れた。

「直に元康に会ったわけじゃなかろう。誰に話したんだ」

「石川与七郎《いしかわよしちろう》のおっちゃんだけど」

麻耶は、故郷の隣家の旦那にでも会って来たように言った。

「はあ。石川数正《かずまさ》か」

その名は嵐丸も知っている。駿府以来の近習で、酒井忠次《ただつぐ》と並ぶ松平の重臣だ。あの石川と、知り合いだったとは。

「立ったまま縁先で話すことでもないでしょ」

麻耶が不満そうに言ったので、慌てて部屋に入れた。今のところ、秋馬家の誰にも気付かれていないようだ。見張りのうち少なくとも一人は居眠りしているし、素人の足軽風情の見張りに見咎《みとが》められる麻耶ではない。

声に気付いて沢木も起き、喜久江と紗江も出てきた。

「ああ、麻耶様、ご無事で」

麻耶の顔を見た喜久江と紗江は、ぱっと顔を輝かせた。安堵で目が潤《うる》んでいる。

「何てことはないよ。危ない目にも、全然遭わなかったし」

麻耶は事もなげに言った。紗江が憧憬《しょうけい》のこもったような目を向ける。

「首尾は上々のようだな」

沢木が言い、四人は麻耶を取り巻くように座った。

「で、いつ来るんだ」

沢木が聞くと、「三日後」という答えが返った。嵐丸は再び仰天する。

「そんなに早く？」

岡崎から普通に来れば、丸二日はかかる。明日には、岡崎を発つというのか。

「善は急げと言うが、ずいぶんせっかちなんだな」

沢木も驚いている。秋馬の申し入れを承知したとの返事をまず寄越してから、日取りを打ち合わせるのが順序だろうに、いきなり決めつけてくるとは。

「もしかして……秋馬に余計な動きをさせないため、追い込もうというのか」

秋馬が元康を謀《たばか》り、駿府に知らせて今川本軍を呼び込むつもりだったとしても、三日後では間に合うまい。そこを考えての動きではないか、と沢木は言った。

「だとすると、人数はどれほどで来るかな。いや、目立つのも避けるだろうし……」

沢木はしきりに首を捻っている。そこで麻耶が、ぱんぱんと手を打ち合わせた。

「はいはい、その辺にして。ここであでもない、こうでもないと言ってみたところで始まらないでしょ」

元康が来ればわかるんだから、と麻耶はあっさり片付けた。そこで嵐丸は気が付く。

「おい四郎三郎。元康が来たら、あんたが松平の家臣じゃないってことがばれるぞ。どうする気だ」

「ああ、それは」

沢木は平然として麻耶に聞いた。

「俺のことは、ちゃんと言ってくれたんだろ」

うん、と麻耶は曰《いわ》くありげな笑みを浮かべる。

「あんたが今度のことの橋渡しを務めている、と言ってある。松平の家臣のふりをしてるって言ったら、石川のおっちゃん嫌な顔をしたけど、まあ結果次第、ってことね」

沢木はにんまりした。

「さすがは麻耶さんだ。初めに考えた成り行きとだいぶ違ったが、うまくやってくれたな」

「岡崎の連中にしてみれば、あんたと麻耶は頼まれもしない仕事を勝手にやって、売り込みに来た悪党なわけだろう。よく受け容れたな」

嵐丸が呆れたように言うと、麻耶は肩を竦めた。

「言ったでしょ。結果次第だって」

今川と織田に挟まれ、三河の国衆も皆が味方ではない松平家としては、摑める機会は全て摑む、贅沢は言っていられない、といったところか。

「あのう」

喜久江がおずおずと口を挟んだ。

「私たちが言うのも何ですが、本当に大丈夫なのでしょうか」

まさに嵐丸も同感だったが、麻耶は開き直ったように言った。

「なるようにしかならないよ。後は出たとこ勝負」

はあ、と曖昧に返事した喜久江に笑みを向けてから、麻耶は手を叩いた。

「じゃあ、秋馬の殿様に伝えに行こうか」

おう、と沢木が刀を手にして、立ち上がった。


麻耶の知らせを聞いた佐久間は、満面に笑みを浮かべた。

「おお、左様か。蔵人佐殿には、こちらにお越しいただけるか」

佐久間も内心では期待していなかったのだろうか、手放しで喜んでいる。一方、秋馬右京介の方はもう少し慎重だった。

「それは誠に有難い」

と言ったものの、佐久間に比べると表情は硬い。

「それにしても三日後とは、驚いたな」

来るとしても打ち合わせてから、と嵐丸同様に考えていたようだ。佐久間はその疑念を打ち消した。

「何の何の。それだけ我が方の助力を強く願《ねご》うておられる、ということに違いございませぬ」

「確かに、金山はどうしても欲しかろうの」

秋馬も得心したように言った。

「蔵人佐殿からは、こちらに求めることはないのか」

出張るにしても条件があるのでは、との問いだ。麻耶は「いいえ」と答える。

「特にはございませぬ」

ふむ、と佐久間は顎を撫でた。

「こちらを信用していただける、ということじゃな」

「ただし、犬居の天野様や武田方には、決して気付かれぬよう心配りを、とのことでございました」

「無論じゃ。心得ておる」

佐久間が請け合った。境を接する隣地に知られたら、厄介なことになるのは秋馬家の方なのだから、当然だ。

「密かに来られるのであるから、人数は絞るのであろうな」

何百人も伴っていては、隠せるものも隠せない、と言いたいのだ。嵐丸は眉をひそめた。秋馬の手勢を上回る陣容で来るなと、牽制したようなものではないか。だが麻耶は、心配要りますまいと上手に言った。

「おそらくは、その辺りもご承知かと」

「うむ、ならば良い」

佐久間はまた、喜色を露わにした。

「その代わり、蔵人佐様のご身辺には、くれぐれも間違いなきようお備えを」

「それは言うまでもなきこと」

佐久間が、任せろとばかりに胸を張る。

「金山には、我が殿が着き次第、ご案内いただけるのでしょうな」

沢木が念を押した。

「当然である。そのために来ていただくのだ」

佐久間はきっぱりと言った。

離れに戻った嵐丸は、麻耶と沢木と、額を寄せ合った。

「どう思う。何だか三日前とは違って、秋馬より家老の佐久間の方が前のめりに見えたな」

嵐丸の言葉に、沢木も頷いた。

「確かに秋馬当人は、少し硬くなっていたな。松平に与することに関しては、佐久間が秋馬の背中を押しているのかもしれん」

三日前は佐久間は本音を抑え、嵐丸たちが本当に松平の者か、見極めようとしていたのだろう。元康が来るとなって、本音を表に出した、というところか。

「土壇場で秋馬が怯えて、掌を返すことはないか」

少し考えて、沢木はかぶりを振った。

「いや、元康の目の前で家中が割れることは避けるだろう。多少不安でも、ここまで来たら腹を括るしかあるまい」

「そうだな」

一応は言ったが、嵐丸の腹の底にはまだ、割り切れないものが残った。

「まあ、それよりだ」

嵐丸は頭を切り替えることにした。

「俺たちの初めの考えは、金山の場所を確かめて証しを手に入れ、松平に売り付けることだったよな。それが成り行きでどんどん変わって、今じゃ松平と秋馬の仲介役だ。これで俺たちは、どんな儲けがある」

「褒美が貰える」

沢木は簡単に言った。

「元康からか」

嵐丸は麻耶に向かって聞いた。

「約束は、できているのか」

まあね、と麻耶は笑う。

「秋馬と約定が成って金山が手に入れば、銀で三百貫」

一人百貫か。少なくないが、多いとも言えない。

「で、あんたは仕官すると」

沢木に言ってやると、にんまりと笑みを浮かべる。

「そういうことだ」

「じゃあ、あんたの取り分は俺たちの半分で良かろう」

「尻の穴の小さいことを言うな」

沢木はわざとらしく渋面を作った。

「ここでは、俺が一番働いたろう」

そうは思わなかったが、ここは好きに言わせておく。

「まあいい。しかしな」

嵐丸は沢木と麻耶に、鋭い視線を投げた。

「駿府の浅間神社で出会って組むことにした、って話は本当なのか。二人とも、最初《はな》から松平に雇われてたんじゃあるまいな」

「前に雇われたことはあるけどね」

麻耶は淡々と口にした。

「石川のおっちゃんとは、その時の縁。でも、今回は違う」

どうだかな、と嵐丸は思った。だが、いずれにしても嵐丸に害があるわけではない。それ以上問うのはやめた。

しばらくして主殿の様子を窺いに行ってみると、昨日よりだいぶ忙《せわ》しなくなっていた。元康を迎えるための段取りにかかったのだろう。

一行の人数は二、三十というところか、と嵐丸は踏んでいた。そのくらいなら、秋葉山詣でという格好が付けられる。岡崎からは、鳳来寺《ほうらいじ》を通って秋葉山に向かう道を取り、犬居の城下は避けて秋葉山の北側を回るに違いない。

「犬居の天野安芸守が松平に付いた、というのは本当なんだろうな」

少なくとも天野家の片方が味方なら、道中を襲われる心配はぐっと減る。だが呆れたことに沢木は、「知らん」と言い放った。

「知らんって、おい。ここへ着いた時に秋馬に言った話は、出まかせか」

嵐丸が目を剝くと、沢木は「そんなに慌てるな」と笑った。

「天野安芸守と右衛門尉の不仲は本当だ。松平家の連中は、馬鹿じゃない。当然、安芸守の方に調略の手を伸ばそうとしているはずだ」

だから丸きりの嘘ではない、と沢木は強弁した。嵐丸はますます呆れた。

「もしそれが見当外れだったら、元康一行は後ろから攻められるかもしれんじゃないか」

「そんなこと、元康なら承知しているさ。そういう恐れがないと見ているからこそ、こっちに来ることにしたんだろうが」

言われてみれば、沢木の方が的を射ている気がした。嵐丸は返す言葉もなく、頭を掻いた。

「それより心配しなきゃならんのは、この家中の方だ」

沢木は主殿を出入りする侍たちを顎で指した。

「うむ。駿府に秋馬の寝返りを知らせようとする奴が出るかも、ってことか」

「それは秋馬や佐久間が目を光らせるべきことだが」

沢木は小声になった。

「俺たちに初めに応対した片倉だが、今日は姿が見えんな」

そう言えば、と嵐丸は屋敷内を見回した。

「確かに見かけていないが、まさか疑ってるのか」

いいや、と沢木は小さくかぶりを振る。

「言ってみただけだ。誰が疑わしいかなど、来たばかりの俺たちにはわからん」

沢木も確信めいたものは何もないらしく、曖昧な言い方をした。

「だが俺たちは俺たちなりに、家中の動きに気を付けておいた方がいい」

それは当然だな、と嵐丸は応じた。

山の日暮れは早い。空にはまだ明るさが残っているが、秋馬の郷はもう、闇に沈もうとしている。今宵屋敷では、昨日より篝火が増やされていた。沢木の言ったように、駿府へ奔《はし》る者がいないか警戒しているのかもしれない。

夕餉を済ませた嵐丸と沢木は、離れから外に出た。さりげない風を装ってぶらぶらと歩きながら、家中の者の動きを目で追う。昼間ほど慌ただしくしている者はいないが、見張りの数は増えていた。

二人は、塀に沿って歩いてみた。塀に設《しつら》えた見張り台には、兵が四人ずつ配されている。昨日までは、二人か三人だった。ただ、見張り台は南と東、街道から来る者と郷の田畑の方から来る者に対して備えているので、山に接する裏手の方はいつも通りだった。

裏手に回ると、沢木は裏門の門番に声をかけた。

「何も怪しいことはないか」

門番は、余所者が何を聞く、という顔を一瞬だけしたが、すぐに「何事もございませぬ」と答えた。沢木は満足したように頷き、嵐丸に向き直ると、先へ行こうと促した。

「裏が手薄なのが気になるか」

嵐丸が囁くと、沢木は小首を傾げて見せた。

「まあ、裏へ出ても城外へ伸びるまともな道一つないってのは、知っての通りだしな。暗くなってから山に入る者がいるとも思えん」

そうだな、と嵐丸は空を見上げた。残照は消え、夜空になっている。真っ暗ではなく、弱いが月明かりはあった。これなら、自分や麻耶は山の中でも動くことができる。素人には無理だが、沢木の言うほど安心はできない、と嵐丸は胸の内で思っていた。

主殿の陰に入り、門番からは見えなくなった。嵐丸は、足音を殺していた。盗賊としての習い性だ。気付くと沢木も、合わせるように足音を立てずに進んでいる。繊細な動きもできる奴なんだな、とまた少し感心した。

ぎくっとして足を止めた。五間ほど先の塀際に、黒い影がある。ここに見張りを置いたのか、と思ったが、違うようだ。具足は付けていないし、槍も持っていない。動かずに様子を窺っていると、影の者が腕を伸ばし、塀の外に向けて振った。何かを投げたのだ。そしてすぐ、その影は嵐丸たちに背を向ける格好で歩き出した。

嵐丸は肘で沢木を小突いた。沢木はすぐに解したようで、そっと影の後を追った。

嵐丸はこの前やったように、主殿の壁を足掛かりにして塀を乗り越えた。音は全く立てなかった。

塀の外に下りると、気を集中して辺りを窺う。十間ほど先に気配があった。木に足をかけ、山に入ろうとしているようだ。嵐丸は、地を蹴って走り出した。相手も気付いたろうが、不意を突いたので動きはこちらの方が早い。

木を伝って急な斜面を駆け上ろうとした相手の足を、摑んで引きずり下ろした。忍び装束の男だ。抗おうとするのを、さらに思い切り引いて木に叩きつけた。相手から、息が詰まったような呻きが上がった。が、すぐに立ち直り、右手を動かした。その手に、月の光で煌《きら》めくものがあった。得物《えもの》を出したのだ。短刀か、鎧通しか。

嵐丸は、動きを読んでいた。すかさず相手の右腕を摑み、思い切り捻った。苦痛の呻きが聞こえたが、得物はまだ離していない。嵐丸は相手の顎めがけて、頭突きを食らわした。忍びがのけぞり、右腕の力が緩む。そこをもう一度、さらに強く捻った。骨の折れる音がした。嵐丸は腕が使えなくなった忍びの頭を摑むと、塀に打ちつけた。その一撃で相手の体から力が抜け、どさりと地面に倒れた。嵐丸は大きく息を吐いた。

忍びは倒れたまま呻いている。嵐丸は忍びの落とした得物を取り上げた。こいつを取り逃がせば、元康が来ることを雇い主に知られてしまうだろう。始末するしかない。嵐丸は忍びの首筋を刺した。忍びはびくんと体を硬直させ、すぐに動かなくなった。

嵐丸が立ち上がったところで、塀の内側を駆ける足音がし、続いて沢木の押し殺した声が聞こえた。

「おい、どうだ、大丈夫か」

「ああ、こっちは片付けた」

そうか、と沢木は安堵した様子で、声を少し高めた。

「こっちもふん捕まえた。峰打ちにして、床下に投げ込んだ。しばらく目を覚まさんだろう」

「わかった。そっちへ戻る」

嵐丸は忍びの死骸を探った。懐に手を突っ込むと、丸めた紙が出て来た。さっき、塀の内側からあの影が投げたものに違いあるまい。嵐丸はそれを持って塀を乗り越え、屋敷内に戻った。

「あんたが倒した奴は」

その場にいた沢木に聞くと、こっちだ、と案内された。十間余り先の、主殿の角のところで止まり、床下を指す。男の足らしきものが突き出ていた。

「灯りが要るな」

嵐丸はそっと篝火に近寄り、火のついた薪を一本抜いて、主殿の角に取って返した。気絶している男を床下から引きずり出し、火を近付けてみる。小袖と袴を着けた侍だった。顔に見覚えがある。

「こいつ、一人であんたを見張っていた奴だ」

それを聞くと沢木は、「ほう、そうか」と言って興味深げに顔を近付けた。

「嵐丸、あんたがやっつけたのは忍びか」

「そのようだ。こいつと繋ぎを取ってた」

嵐丸は忍びから奪ったものを出し、広げた。火をかざしてみると、書付に間違いない。沢木が顔を突き出し、食い入るように読んだ。

「ほう。元康が三日後に来ることを、しっかり書いてあるな」

思った通りだ、と沢木はほくそ笑んだ。

「ご丁寧に、宛名もあるぞ」

嵐丸は紙の端を指した。こすれて滲《にじ》んでいるが、なんとか読める。

「誰宛だ」

目を凝らしながら、沢木が聞いた。

「民部《みんぶ》殿、と」

沢木の眉が上がった。

「民部？　もしかして、馬場《ばば》民部か」

「心当たりというと、その辺だろうな」

嵐丸は書付を見つめて、言った。馬場民部少輔信春《しょうゆうのぶはる》。武田の重臣の一人だ。民部と称する者で、この秋馬家に興味を示しそうなのは、他にいるまい。

「まいったな。武田の手先か」

沢木は額を叩いて、ぼやくように言った。

「つまりこいつは、武田のために松平の臣である俺を見張っていたわけか」

「ああ。家中の他の者に知られぬよう動いていたのも、道理だな」

てっきり右衛門佐とか、駿府の手先と思ったんだが、と嵐丸は腕組みした。

「まさしく、ここは周り中敵だらけだな」

沢木は豪快に笑ったが、自棄《やけ》のようにも聞こえた。

捕らえた侍は、佐久間に引き渡した。秋馬家には代々仕えていた者で、佐久間は酷く驚いていた。だが、聞けば伊那に親類がおり、その繋がりから武田が手を伸ばしてきたらしい。取り敢えず別棟の牢に入れるとのことで、松平との盟約が成れば切腹させるつもりのようだ。

忍びの死骸は一旦屋敷内に運び込み、詳しく調べられた。だがやはり、何者かわかるようなものは一つも身に着けていなかった。これはまあ当然だ。書付のおかげで武田の手の者とわかっただけでも、充分だった。


「へえ、武田の紐付きがいたんだ」

麻耶は、何だか面白そうに言った。

「繋ぎを取ろうとして捕まるとは、ど素人だね」

「実際、外にいた忍びとは違って侍の方は素人なんだから、仕方あるまい」

それでも、嵐丸と沢木が見回っていなければ、あいつはうまくやってのけていたはずだ。素人だからと甘く見ては、時に足をすくわれる。

「どうだろう。武田は、元康がここに来ると知ったら、攻めてくるだろうか」

嵐丸は沢木に問いかけた。そういった事情は、沢木の方が通じていそうだ。

「どうかな。何もせんで、様子を見るだろうと思うが」

「今は武田に、松平を討つ理由がない、ということか」

「うむ。この先、松平がどう出るか見定めておく程度で良かろう。今、信玄入道が睨んでいるのは、もっと大きな相手だ」

「足腰が弱っている、今川か」

嵐丸が言うと、沢木は「それだ」と肯《がえん》ずる。

「北条も含めた同盟はまだ崩れていないが、今川が遠江の支配も覚束なくなったと見れば、信玄は今川の喉笛を食らいに来るぞ」

「ああ、恐ろしや」

麻耶は大袈裟に震えてみせた。

「弱いと見れば、昨日の友も食い殺す。末法の世ですねえ」

「武田だけの話じゃない。それが乱世だろうが」

沢木は悟ったように言った。

「今でこそ今川の御屋形は松平を潰そうと狙っているが、もし松平が強くなれば武田と結んで、逆に今川を滅ぼしにくるかもしれん」

うーむと嵐丸は唸る。

「元康に、それだけの器量と気概があるかな」

「自らここに来ようってんだ。気概はあるだろうさ」

だから自分の目で見極めようじゃないか、と沢木は言った。

十二

　残る二日は何事もなく、忽ちのうちに過ぎた。そしてその日の午過ぎ、街道筋に出ていた物見の者が屋敷に駆け込んできた。

「申し上げます。松平蔵人佐様、間もなく御到着にございます」

「来られたか」

　佐久間が勢い込んだように表に出てきた。

「して、どれほどの御人数かな」

　饗応の用意の都合もあるので、まず佐久間が尋ねた。物見は一礼して、答えた。

「八人でございまする」

「何、八人？」

　佐久間は目を丸くした。傍で聞いていた嵐丸も、驚いた。少なくとも二十人以上、と思っていたのに、たったの八人か。元康自身を除けば、護衛の近習は七人。それで大丈夫なのか、とは誰しも思うところだ。

「間違いないのか」

「はい。蔵人佐様は騎馬、後は徒歩《かち》でお越しに」

佐久間は知らせを聞いて出てきた秋馬を振り返り、顔を見合わせた。

「ずいぶん小人数だな」

秋馬が首を傾げると、佐久間が微笑と共に言った。

「それだけ、こちらに信を置いている、という証しでございましょう」

なら良いが、と秋馬が呟く。

「そういうことなのか、沢木殿」

秋馬に聞かれた沢木は、無論ですと答えた。

「なので右京介様におかれましても、我が殿の御心をお察しいただきたく」

「相わかった。喜ばしきことじゃ」

秋馬と佐久間は、満足そうに頷いた。それでも秋馬は、まだどこか不安そうに見えた。

嵐丸は、本当に伴《とも》が七人だけなのかは、わからないと思った。松平家も忍びを使っている。人の目に見えぬよう、幾人かの忍びを護衛に付けているのかもしれない。自分なら、そのぐらいの用心は当然にしておくが。

秋馬と佐久間は、出迎えの支度をするため、一旦奥に入った。嵐丸と沢木も、離れに引き上げた。

「もう着くんだって？」

板戸を開けて、麻耶が聞いた。喜久江と紗江も、その後ろに控えている。

「おう、これは」

嵐丸は目を見張った。三人は、晴れ着に着替えていた。いつ用意したのか真新しい小袖で、色も薄緑、橙《だいだい》、黄色と華やぎがある。三人の美しい顔立ちが、さらに引き立って見えた。

「何とも艶《あで》やかだな」

沢木が目を細める。頬がすっかり緩んでいた。嵐丸は目を瞬いてから、麻耶の脇に寄って囁いた。

「化けたな、女狐め。元康を籠絡《ろうらく》でもする気か」

「まあ人聞きの悪い。岡崎のお殿様をお迎えするんですから、失礼のないよう化粧して着飾るのは当たり前でしょう」

つんとして、躱《かわ》された。嵐丸は頭を掻いて引き下がった。

「それに佐久間様から、宴席を手伝ってと言われてるのよ」

「宴席を？　酌でもしろと」

意外に思った。そういうことは、秋馬家の侍女がする話で、客人たる麻耶たちに頼む話ではなかろう。それに、佐久間ではなく奥方が手配りするものではないのか。聞いてみると、麻耶はどうでも良さそうに答えた。

「奥方様は具合があまり良くなくて、幼い御嫡男と一緒に二里ほど東の方にある別の御屋敷にいるそうよ。そちらの方が暖かく爽やかなんだって」

侍女も大方はそちらに行っており、この屋敷は女手が極めて少ないらしい。そう言えば、ここに来てから女の姿をほとんど見ていない。

「あたしは松平の身内ってことになってるから、頼まれたら仕方ないでしょ」

そりゃそうかもしれないが、と言ってから喜久江たちに聞く。

「あんたたちは、構わないのか」

ええ、と喜久江と紗江は頷いた。

「これまであまりお役に立てていないので、こんなことでもさせていただければ、と思います」

健気なことだ。金山まで隠し道を案内できなかったことを気に病んでいるのだろうか。だとすると、却って申し訳ないな、と嵐丸は思った。

半刻足らずの後、表門が騒がしくなった。嵐丸と沢木は、離れを飛び出した。真っ直ぐ表門に駆け付けると、一行は既に門外に着き、ちょうど元康自身が馬から下りるところであった。秋馬家の家臣が、迎えに出ている。顔ぶれを見ると、片倉の姿もあった。嵐丸たちは、その後ろの方に控えた。

「……此度はこのような山奥までお運びいただき、恐悦至極に……」

片倉が挨拶を述べるのが聞こえた。元康が鷹揚に答礼している。嵐丸はそっと目を上げて、元康の顔を見た。直に見るのは、これが初めてだ。

やはり、若い。そう思った。確か天文十一年の生まれと聞くので、今年二十一となるから、若いのは当然だ。しかし、思っていたよりもさらに若々しく見えた。体つきにも武骨さはなく、寧ろ身軽そうだ。目は澄んでいるが、目付きは意外に鋭い。見た目だけでは決められぬにしても、なかなかの器量であるようだ。

元康が、すぐ前に来た。そこで足を止め、沢木に目を向ける。嵐丸は落ち着かなくなった。麻耶が石川数正を通じて話をしてあるとはいえ、勝手に松平の家臣に成りすましたのだ。面白くはあるまい。

「沢木か」

元康が声をかけた。自分の家臣に呼びかけたと言うより、お前がそうかと確かめたように聞こえた。もっとも、秋馬の家臣たちにそれに気付いた者はいないようだ。

「ははっ」

沢木が短く返事した。元康は頷き、「大儀であった」とだけ言った。初めて会っているのだから、他に言いようもないだろうが、秋馬の家臣たちに対して格好はついた。沢木自身はさぞ冷や冷やしただろう、と思って様子を見ると、表情こそ至って平然としているものの、指先が小刻みに震えていた。こいつでも焦るのか、と嵐丸は可笑しくなった。続く七人の伴は、沢木にも嵐丸にも、一瞥もくれなかった。

一刻ばかりの休息の後、秋馬右京介と松平元康は奥座敷で対座した。書院風で、この屋敷で数少ない、畳敷きの部屋だ。

秋馬には佐久間が侍した。元康には伴のうちの一人で、酒井主膳《しゅぜん》という者が付いている。松平家の重臣、酒井左衛門尉《さえもんのじょう》忠次の一族と思われたが、その名に嵐丸は聞き覚えがなかった。沢木と嵐丸は、仲介を為した者として同席を許され、元康らの後ろに控えた。

「蔵人佐殿には、我らの申し出をご快諾いただき、このような不便な土地までわざわざお越し下された。誠に有難きことにござる」

秋馬がまず、願い通り出向いてくれたことへの礼を伝えた。元康がゆっくりと頷く。

「何の。右京介殿にお味方いただけるならば、千里も一里と心得まする」

如才なく言うと、秋馬と佐久間は安堵したように笑った。

「恐れ入ってござる。して、蔵人佐殿には」

秋馬は真顔に戻り、元康の顔を窺うようにして聞いた。

「天野安芸守と既に通じておられると聞きますが、誠にござるか」

ふむ、と元康は薄笑いを浮かべた。

「いかにも、左様」

なるほど、と秋馬は得心顔になった。

「なれば、我らと安芸守殿が合力いたせば、天野右衛門尉を追い落とすのは難儀ではござらぬ。その上で蔵人佐殿にお出張りいただければ、遠からずして遠江の国衆の大方がなびきましょう」

秋馬は媚びるような言い方をした。佐久間が微かに顔を顰めたように見えた。

「遠江の国衆方には、今川家に不満を持つ方々も少なからずおられるご様子。右京介殿は、どう見ておられますかな」

元康が直截に尋ねた。秋馬の本音に探りを入れてきたようだ。秋馬は慎重に答えた。

「今すぐ一気に騒擾《そうじょう》、ということはさすがにありますまいが、この西、奥山《おくやま》郷などは、だいぶ揺れておると聞き及びます」

うむ、と元康は満足げに応じた。恐らく、同様のことを耳にしていたのだろう。

「右京介殿には、今の駿府のありようはどう映っておいででしょうか」

これまた直截だな、と嵐丸は思った。さて秋馬は、どう答えるか。

「そうですな」

秋馬は咳払いした。

「こう申しては何ですが、今の御屋形様はいささか覇気に欠けるのでは、と。先頃の三河攻めも、野田《のだ》の方を攻めた後、深入りせずに引き上げておられますしな」

これは正直な話のようだ。続けて秋馬は、三浦右衛門佐をこき下ろし始めた。

「あれは御屋形様の信篤《あつ》きことを鼻にかけ、分限を越えて専横に走らんとしております。御屋形様が遊興にふけるのも、彼奴《きゃつ》めの差し金と専らの噂。好きにさせておけば、いずれ今川の屋台骨が傾きましょう」

「ほう。ではやはり右京介殿は、今川の先行きは心許ない、と」

言われて秋馬は、一瞬口籠った。が、意を決したように答えた。

「しからばこそ、こうして蔵人佐殿にお越しいただいておるのでござる」

一時の都合で結ぶのではなく、今川から完全に離れる、というのだ。これを聞いて、元康は居住まいを正した。

「ご存念、しかと伺いました」

秋馬と元康は、互いに頭を下げた。嵐丸は、やれやれと肩の力を抜いた。どうやらこれで、松平と秋馬の盟は成ったようだ。横目に見ると、沢木も相当に緊張していたらしく、額にうっすら汗が浮いていた。

その後は、秋馬が今川家から攻められた場合の対応など、より細かい話が幾つか為された。それらについては、主に佐久間と酒井の間で話が交わされた。

一段落して、酒井が問うた。

「金山の方はいつ拝見できますかな」

それこそが元康らにとって、最も肝要なことだ。佐久間は、わかっておりますとばかりに愛想笑いのようなものを浮かべて、言った。

「今日はもう日も傾いております。お疲れでもございましょう故《ゆえ》、今宵はゆっくりとお休みいただき、明日朝よりご案内申し上げます」

酒井はちらりと元康を見てから、異存ないと返事した。秋馬が締めくくりの礼を述べ、その日の話は終わった。

元康と酒井は、佐久間に案内される形で退席した。その後に沢木が一歩空けて続き、嵐丸は殿《しんがり》になった。

廊下を歩きながら嵐丸は、四方に目を配った。初めて主殿の奥まで入ったので、見られるものは見ておこう、ということだ。盗賊の心得、と言ってしまえばそれまでだが、別にここから何か盗もうと考えているわけではない。

あちこち目をやるうちに、元康たちから遅れてしまった。追いつこうと足を速めかけた時、ふいに後ろから小声で呼び止められた。

「嵐丸殿」

驚いて振り向く。柱の陰に、秋馬右京介が立っていた。

「これは右京介様、何用でございましょうか」

秋馬は答える前に、さっと左右に目を走らせ、誰も見聞きしていないのを確かめた。それから嵐丸に近付くと、耳元に囁いた。

「そなた、忍びの心得があろう」

えっ、と思ったが、最初に片倉に問われた時、「忍びに近い者」と返答していたのを思い出し、「はい」と小声で応じた。

「夜半、こそっと儂の所まで来てくれ。渡したいものがある」

意外な頼みに、嵐丸は目を剝いた。何を、と問いかける前に、秋馬が急いで続けた。

「それを蔵人佐殿に届けてほしい。誰にも気付かれぬように」

「しょ……承知仕《つかまつ》りました」

そう言うしかなかった。秋馬は「頼むぞ」と押し殺した声で言うと。さっと踵《きびす》を返し、自身の居室の方へ向かった。嵐丸は気を取り直し、急いで元康や沢木の後を追った。

元康のために用意された部屋まで付き従い、嵐丸と沢木は改めて平伏した。

「本日は我らの話に応じていただき、誠に有難く存じまする」

沢木が言いかけると、元康が手で制した。

「よい。こちらが応じたのは、それなりに考えあってのこと。渡りに舟とまでは言わぬが、今日のところは礼を申しておく」

「ははっ、恐れ入りましてございます」

沢木が再び床に額を付けた。嵐丸も倣《なら》い、顔を上げたところで元康が、下がれ、と手で示した。二人は恐縮したまま、引き取った。酒井ら七人は、胡散臭げに睨んだだけでひと言も発しなかった。


主殿の外へ出ると、沢木が塀際のクスノキを指した。そこで一服しようというのだ。嵐丸は承知して、共に木陰に寄った。

「やれやれ、どっと疲れたぜ」

沢木が大きく溜息をついて、首筋を叩いた。

「何を今さら。あんたが仕掛けた話だろうが」

嵐丸が笑うと、沢木は渋い顔になる。

「それはそうだが、ここで元康と直に顔を合わせるなんて勘定に入ってなかった。元康と秋馬の話の場に引っ張り出されることもな。こうなってくると何もかも即興で対処せにゃならんし、失敗は許されんときてる。胃の腑が痛くなるぞ、まったく」

「別にあんたが口上を述べたり、場を仕切ったりしたわけじゃないだろう。もっと胆が太いと思っていたが」

「ほざけ。どうにかうまく行ったから良かったが、こじれたらどう口を出そうかと気が気じゃなかった」

言いながら、沢木は額の汗を拭いた。嵐丸は沢木の背中を叩いた。

「もっと泰然としろよ。秋馬が右衛門佐について元康に言ったこと、聞いたろ。あれは、あんたがここに着いた時に片倉に言ったことと、そっくりだったじゃないか」

あんたの読みは、まったく正しかったんだよと言ってやると、沢木は俯き加減だった顔を起こした。

「うん、まあ、それはな。ちゃんと目を開いてこの近辺を歩けば、そのぐらいは自ずと見えてくる」

「だろ？　だから最後までその目と頭を使って、しっかり頼むぜ」

うむ、と沢木は腕を組んだ。早くも自信を取り戻したようだ。単純な奴だな、と嵐丸は苦笑した。

そこで視線を感じた。沢木は何も勘付いていないようなので、そっと横目で窺う。五、六間先で片倉伝蔵がこちらを睨んでいた。見張っている、とかいうのではない。

まるで敵《かたき》を見るような、酷く冷たい目付きだった。

嵐丸は困惑した。片倉に恨みを受けるような心当たりはないのだが。すると片倉は、嵐丸に気付かれたことを悟ったらしく、さっと横を向いて歩み去った。嵐丸は考えた。あいつが俺たちを気に食わないとすると、松平との仲立ちをしたからだろうか。ならば奴は、秋馬を今川から離反させたくないのだ、と思うしかない。まさか、右衛門佐と通じているのでは……。

「おい、どうした」

ようやく嵐丸の様子に気付いた沢木が、怪訝な顔をした。嵐丸は「いや、何でもない」と答えた。今のところは、沢木の頭に心配事を増やしても始まるまい。

離れに近付くと、嵐丸は足を止めた。離れの中で、喜久江が誰かと話している。声を潜めているような感じだ。どうしたものか、と嵐丸は沢木に目で問いかけた。沢木も邪魔していいのか迷っていたが、まあ良かろうと離れに入った。

「おお、沢木殿に嵐丸殿か。ちと邪魔しておる」

中に居たのは、佐久間だった。沢木と一服している間に、主殿からこちらに来ていたのだ。その前に座っているのは、喜久江と紗江だ。麻耶の姿は見えない。

「麻耶様は、村の方へ行かれました」

喜久江が先んじて言った。何の用でかは、言われずとも思い当たった。元康一行を付け狙う右衛門佐の手先や乱波の類いがいないか、確かめに行ったのだ。

「そうか。それで、佐久間殿のご用向きとは」

「ああ、いや、それはな」

何故か佐久間は、落ち着かなくなった。

「ちとその、頼み事があって……いや、承知いただいた故、仔細は喜久江殿に」

佐久間はそれだけ言って、誤魔化すような笑みと共に出て行った。

「何だ、あいつ」

嵐丸と沢木は、首を捻りながら喜久江たちの前に座った。

「お帰りなさいませ。佐久間様からお聞きしましたが、お話は首尾よくまとまりましたそうで、何よりでございます」

喜久江は微笑んで、労《ねぎら》うように言った。いやなに、と沢木は照れ笑いをする。

「まあ、だいたい思うように運んだ。蔵人佐殿はうまく話に乗ってくれた」

これであんたたちを無事三河に送り届けられる、と言うと、喜久江と紗江は揃って「本当にありがとうございます」と丁寧に頭を下げた。

「いや、もともとの約束だからな。それより佐久間は、何しに来たんだ。頼み事、と言っていたが」

「ああ……はい」

喜久江と紗江は顔を見合わせ、赤くなった。これはどうしたことだろうか。

やがて喜久江が俯きながら、恥ずかしそうに言った。

「実は佐久間様から、蔵人佐様の夜伽《よとぎ》を、と……」

「何、夜伽役を頼んできたのか」

嵐丸も沢木も、唖然とした。身分ある武将や公家が滞在する時の饗応に際し、夜伽の女を用意することはごく普通の話だ。秋馬が元康にも夜伽を、と思うのは何もおかしくはないが、よりによって喜久江と紗江に頼むとは。

「こっちは一応は客だぞ。宴席の酌まではともかく、夜伽とは何事だ」

沢木が気色ばんだ。佐久間にねじ込んでやる、とばかりに膝を立てる。

「お待ち下さいませ」

喜久江が止めた。

「佐久間様がおっしゃるには、夜伽を務められるような女子がこの屋敷周りには居らぬ、とのことで」

「酌をする女さえ足りないのだから、それはわかる。しかし、だからと言って……」

「私たちも三河に参れば、蔵人佐様はご領主。これから長くお世話になる身でございます。さすれば、ここで一夜、私たちがお世話できますならば、それは決して」

「嫌なことではない、と」

はい、と喜久江に頷かれ、嵐丸と沢木は揃って、うーむと眉間に皺を寄せた。聞いた時はとんでもない、と思ったのだが、当人が決心しているなら、こちらが異を唱えることもできまい。わかった、と言う沢木は、ひどく残念そうだった。

「それで、どちらが」

敢えて聞いてみる。すると、普段は口数の少ない妹の紗江が、小さな声で言った。

「私が、参ります」

「紗江さんが」

てっきり喜久江が行くものと思った嵐丸は、少し驚いた。

「紗江が望みましたので」

喜久江が、言葉少なく言った。一瞬、妹が姉を庇って身を差し出すのかと思いかけたが、二人の表情からすると、そういうことでもないようだ。

「いいのか」

沢木が念を押したが、紗江は顔を赤らめ、「はい」と言うだけだった。

さすがにそれ以上、夜伽の話はできなかったので、沢木も嵐丸も黙って隣室に引き上げた。

「あの佐久間めが」

沢木はいかにも憎々し気に呟くと、ふてたように横になった。沢木は明らかに姉妹に気があったはずなので、女を寝取られたような気分なのかもしれない。それもまた、図々しい話なのだが。

しばらくすると、麻耶が帰ってきた。一応聞いてみると、思った通り、元康を狙いそうな奴がいないか調べていたという。

「大丈夫だよ。それらしいのは見つからなかった」

「ならいいが、逆に右衛門佐の手先がまだ入り込んでいない、というのも解せんな」

まだ着いていないのか、ここで襲うことは避けるつもりか、と沢木は考え込んだ。

嵐丸は、後者ではないかと言った。

「襲わなくても、秋馬が寝返った証しを摑んでおいて、元康が帰った後で秋馬を攻めるつもりでは」

かもしれんな、と沢木は認めた。

「向こうも、元康が僅か八人で来るとは思っていまい。前にも言ったと思うが、千や二千で落とすのは難しい城だ。秋馬の手勢に松平勢数百が加わっているとなれば、攻めるのに四千やそこらは揃えにゃならん。そんな暇はなかろう」

「でも、見張ってるだけのような奴さえ、一人もいなかったよ」

「そうなのか」

こういうことにかけては、麻耶の目は確かだ。嵐丸は思案に詰まった。

「そう言えば、あの村外れで右衛門佐の手先を殺したのが誰かも、まだわかってないな」

沢木が言った。秋馬の屋敷に来てから緊張の連続だったので忘れていたが、確かにその疑問にも答えが出ていない。

「今それを考えても、話がこんがらがるだけなんじゃない？」

麻耶が言った。それもそうだ。まだまだ、わからないことが幾つもある。そこで思い出した。片倉伝蔵。もしあの男が右衛門佐と通じているなら、他に手先を送り込む必要など、最初からないのでは……。

「それはそれとして、さっき腹立たしいことがあってな」

沢木が言い出したのは、無論、夜伽のことだ。佐久間が喜久江たちに持ちかけ、紗江が承知したと聞くと、麻耶は不満顔になった。

「何それ。あたしには声かけなかったのね」

この言い方に、沢木は困ったような表情を返した。

「それはその、向こうがだな」

嵐丸は笑った。

「向こうに女を見る目がある、ってことだ」

「喧嘩売ってんの？」

麻耶が凄むので、いやいやと手を振る。

「お前だって、凄くいい女だよ。だけど、殿様の夜伽に出すには、ちっと危な過ぎると見抜かれたんだろう」

「危ないとは、何よ。失礼にも程がある」

麻耶がさらに迫る。

「張っ倒されんのと、睾丸《ふぐり》を潰されるのと、どっちがいい」

「ほうら、やっぱり危ないじゃないか」

ニヤリとしたところで睾丸を摑まれそうになったので、慌てて飛びのいた。まったくもう、と麻耶が荒い息を吐く。

「うまくいけば、岡崎で側室に納まれたかもしれないってのに」

嵐丸と沢木が、一緒になって無理無理、と首を振ると、麻耶は二人を思い切り睨みつけてから言った。

「案外、紗江ちゃんもそれが狙いかもよ」

「厳しい言い方だなあ」

紗江に未練たっぷりの沢木が、渋面を作った。嵐丸は、話を変えることにした。

「さてと。麻耶が戻ったところで、話しておくことがある」

嵐丸は声を低め、秋馬に呼び止められて夜中に来てほしいと言われたことを、二人に告げた。

「元康に何かを届けてほしいって？」

沢木が驚きを見せる。

「どうして自分で渡さないんだ」

「どうも、誰にも知られたくないようだ」

「家臣の誰にも？」

「そんな感じだったな」

沢木は当惑顔になった。

「いったい何を渡そうってんだ」

「思うに、書状か書付じゃないかと思うんだが」

「金山の絡みかしらね」

麻耶が腕組みして、言った。

「でも、家臣にさえ知られたくなさそうだ、というのがどうも解せないなあ」

「だろ？　まるで一人も信用できない、と言ってるみたいだ」

「仮にもここの領主だぞ。そんなことって、あるか」

沢木は思案投げ首の様子だ。嵐丸も、同様だった。

「まあとにかく、夜中にそいつを受け取ればわかる話だ」

「見てすぐわかるものならいいけどね」

麻耶は疑わし気に、そんなことを言った。

十三

夜の宴席には、嵐丸と沢木も呼ばれた。あてがわれたのは、松平側の末席だ。上座には床の間の鎧と掛け軸を背に、秋馬と元康が並んで座っている。

麻耶と喜久江と紗江は、その間を酌をして回っていた。他に三人、ここの侍女がいたが、容姿は比べるのも気の毒なほど、段違いだった。この地では麻耶たちほどの美女は、まずもってお目にかかれないのか、酌をされた秋馬の家臣は、いずれも目を細め、一尺ほども鼻の下を伸ばしている。秋馬や佐久間も例外ではない。だが松平家の者たちは、無礼にならない程度の関心しか寄せなかった。こんな女は見慣れている、というわけでもあるまいに、この地では一切気を抜かぬ、と決めているようであった。

紗江が元康の前に座り、酒を注いだ。佐久間が寄って、何事か元康に囁いた。この者が夜伽を務めます、と告げたのだろう。紗江が瓶子《へいし》を置いて平伏し、元康が鷹揚に頷いた。沢木はそれを見て、忌々しそうに盃《さかずき》を呷った。

嵐丸は、向かいに並ぶ秋馬の家臣たちを眺め渡した。真ん中辺りに、片倉が座している。やはりというか、時折りこちらに怒ったような目を向けていた。嵐丸は、目を合わせないようにした。何故そんな目で見られるのか、一向にわからない。右衛門佐の手先だとしたら、普通はそのことを隠すだろうに、これほどあからさまな目付きをしてくるというのは、どうも得心がいかなかった。

一座で最も上機嫌なのは、佐久間だった。元康の傍に侍り、幾度も持ち上げては自分で笑っている。元康はおとなしく付き合っていたが、内心では辟易《へきえき》しているだろう。秋馬の方は、そこまで楽しんではいないように思えた。やはり大きな気がかりがあるのだ。それこそが今宵、嵐丸に託そうとしていることに違いあるまい。

「それではこの嘉右衛門めが、祝いの舞をご披露仕りまする」

酔った佐久間が、真ん中に出て来ると、何やら唄いながら多少ふらつく足で踊り始めた。秋馬の家臣たちは見慣れているようで、手拍子が鳴る。松平の家臣たちは、迷いながらもこれに合わせて手を叩き始めた。

麻耶が出て来た。知らない踊りであるはずだが、見よう見まねで器用に手足を動かし、腰を捻っている。佐久間は連れができて大喜びだ。秋馬の家臣たちが、やんやの喝采《かっさい》を送った。それに応えるように、麻耶はちらちらと裾をめくって、白い足を見せる。男どもは、また大いに沸いた。

その間を縫って、秋馬の家臣たちが松平の家臣たちに酒を勧めに来る。松平の者たちも断れないので、座は注ぎつ注がれつの繰り返しになった。いつの間にか、沢木も巻き込まれている。もう良かろう。嵐丸は盛り上がっている皆に気付かれぬよう、そうっと宴席を抜けた。

　嵐丸は音を立てずに廊下を小走りに抜け、秋馬の居室に忍び入った。何を捜すという当てがあったわけではない。夜中に渡すと言われたものが何なのか、手掛かりが欲しかったのだ。麻耶が言った通り、見てすぐわかるものでないこともあり得たからである。

　居室は質素な造りで、床の間と違い棚はあるが、畳はない。床には獣の毛皮の敷物が敷いてあった。片隅に文机があり、硯と筆、巻紙が置いてある。紙には何も書かれていない。

　嵐丸は戸棚を探った。漆塗《うるしぬ》りの手文庫があり、文が幾つか入っていた。懐から例の灯具を出して火を点け、読んでみる。駿府からの書状で、特に目を引くことは書かれていなかった。

　部屋中を調べたが、他に見つかったのは、年貢高を示す書付と、日々遣う金子《きんす》の出入りを書き留めた帳面、幾冊かの書物。その程度だった。これだけでは、秋馬が元康に何を渡したいのか、見当はつかない。嵐丸は諦め、居室を出て宴席に戻った。気付いた者がいても、厠へ行っていたとしか思われまい。

　唯一、気になることがあった。秋馬の居室には、金山に関わるものが、帳面も絵図も石も、何一つなかったのだ。

ほどなく宴席は終わり、秋馬と元康が退席してから、皆順々に引き上げ始めた。寝入ったのを朋輩に起こされている者もいる。沢木も少々ふらつきながら、嵐丸に支えられつつ外に出た。

離れに入ると、沢木は急に背筋を真っ直ぐにし、大きく伸びをした。どうやら酔ったふりをしていただけらしい。

「飲んでなかったのか」

「変に思われぬ程度には、飲んだ」

あれくらいでは酔わん、と言って沢木は胡坐をかいた。

「ずいぶんと賑やかだったな。あれでは、外にも気取られただろう」

駿府の乱波がいたら、一両日中には右衛門佐や氏真の耳に届くな、と沢木は嘆息した。

「秋馬の連中は、用心ということを知らんのか」

「麻耶はこの辺に怪しい奴はいない、と言ってたが」

「物事に絶対はない。秋馬の命運がかかっているんだ。用心し過ぎるくらいでなければ」

それはもっともだった。確かに、今夜の秋馬家は気が緩んでいる。

そこへ麻耶が戻って来た。

「おう、ご苦労。お前だけか」

「喜久江さんは、まだ片付けを手伝ってる。紗江ちゃんは、その……支度を」

夜伽の、ということだと嵐丸は察した。

「右京介殿は」

「居室に引き取った。一人でいると思うけど、廊下に警護が二人、付いてる」

「屋敷の中で警護を付けているのか？」

意外に思った。右衛門佐らの乱波を警戒しているのか。だがあの賑やかな宴と比べると、どうもちぐはぐな感じがした。

「で、どうする。夜半に来いと言われたんだろ」

沢木が聞いた。誰にも知られずに、ということは、警護の者の目を盗む必要がある。

「天井裏からお邪魔するしかなさそうだな。頃合いを見計らって、行ってみる」

沢木と麻耶は、承知、と頷いた。

しばらく待ち、主殿の灯りが消え始めたのを見て、少し早いかと思ったが嵐丸は動くことにした。盗みの折と同じ、忍び装束に似た格好に着替えると、嵐丸は離れを出て、月明かりからも篝火からも陰になったところを伝い、主殿の屋根に上がった。白の襦袢《じゅばん》姿になった紗江が、手燭を持った近習に導かれて廊下を寝所に向かうのが、ちらりと見えた。

ここだと見当を付け、屋根板を動かして隙間から天井裏に潜り込んだ。常々やっていることで、造作はない。

天井板の隙間から、灯りが漏れていた。宴席の途中で廊下から忍び入ったので、そこが秋馬の居室であることはわかった。そっと天井板をずらし、部屋を見下ろす。

秋馬の姿が見えた。文机に向かって背を丸めている。右手には、筆を持っていた。

やはり嵐丸に託すのは、書付らしい。

少し場所を変え、秋馬のすぐ後ろ辺りの天井板を開けてみた。すぐ、異変に気付いた。秋馬は筆を手にしているのに、文机の上には紙がなかった。しかも秋馬は、微動だにしない。

嵐丸は天井板を外し、部屋に飛び降りた。秋馬の傍らに寄り、覗き込む。

恐れた通りだった。秋馬は文机に向かって前屈みになったまま、死んでいた。首の後ろに、刺し傷がある。ごく細い刃物が使われたようだ。元康宛の書付をしたためている最中、忍び寄った何者かに襲われたのだ。僅かに滲んだ血は乾いておらず、殺されてからまだ幾らも経っていないが、廊下にいる警護の者は何も気付いた様子がない。不意打ちにせよ、音もなく、声すら立てさせずにやってのけるとは、相当な腕だ。書付は、その刺客が奪っていったに相違ない。

（秋馬が元康に何事かを告げる前に、口を封じたか）

家臣の誰にも知られたくなかった、ということは、家臣の中にも敵がいて、ずっと見張られていたということか。廊下にいるのは、警護ではなく見張りなのだろうか。とすると、元康に知らせようとしたことは……。

ぎくりとした。元康は、どうしている。嵐丸は急いで天井裏に飛び上がった。

天井裏を進み、松平家の者たちがいる部屋の様子を見た。まだ誰も寝てはいない。元康の姿はなかった。既に寝所に行ったのだ。嵐丸は先を急いだ。

寝所の天井に達し、気配を窺った。間違いなく、人がいる。嵐丸は天井板に隙間を作り、下を覗いた。燭台のおかげで、寝所はよく見えた。

中ほどに褥《しとね》が敷かれ、その上に襦袢姿の元康と紗江が、向き合って座っていた。挨拶のようなことは、済んだらしい。少なくとも、元康は無事だ。嵐丸は飛び降りて異変を知らせようと思ったが、紗江が元康に体を預けるのが見え、一瞬躊躇した。無粋、という言葉が頭に浮かんだからなのだが、何を馬鹿な、と頭を振った。そんな場合ではない。

そこで、元康の動きに妙なものを感じた。元康は紗江の襦袢に手を掛け、前を開いた。襦袢が紗江の肩を滑る。その元康の動きが、どうもぎこちなく思えたのだ。元康という男は、女には奥手で、不器用なのだろうか。そんなはずはない、と思うのだが。

紗江が元康の首に腕を回し、頬を寄せた。寧ろ紗江の方が慣れているようにも見えた。紗江は右手を後ろに回し、帯を解き始めた。何故か左手は、元康の首に回したままだ。その時、嵐丸は目を見開いた。解いた帯の下から現れた紗江の右手に、光る物があったのだ。

それからの動きは、瞬きする間に起きた。紗江は左手で元康の首を押さえ、右手を振り上げた。握られているのは、小さなクナイのような武器だ。それで元康の首筋を刺そうというのだ。

元康は、すぐに反応した。紗江の右手首を摑んで捻ると、その体を蹴って突き飛ばした。紗江はあられもない格好で褥に転がったが、すぐに立て直し、クナイを構えて襲いかかった。だがその隙に、元康はさっと褥の下に手を入れた。抜き出された時、その手には鎧通しがあった。初めから褥の下に、隠されていたのだ。襲われることを、見越していたらしい。紗江に触れる元康の動きがぎこちなかったのは、そのせいだとわかった。

元康が武器を手にしたのを見た紗江は、脱いだ襦袢を左手で摑むと、元康に向けて思い切り振った。それで鎧通しを持った右手を搦め取ろうとしたのだ。が、予期していたらしい元康は襦袢を摑んで逆に引いた。クナイを振り上げた紗江が、前のめりになる。その胸を、元康の鎧通しが刺し貫いた。

紗江は動きを止め、左の乳房のすぐ下に刺さった鎧通しを、驚いたように見下ろした。元康が鎧通しを引き抜く。鮮血が迸《ほとばし》り、板戸に飛び散った。手からクナイが落ちる。紗江はそのまま横ざまに倒れ、二、三度びくびくと痙攣《けいれん》してから、動かなくなった。

元康は膝をつき、紗江がこと切れているのを確かめると、顔も上げずに言った。

「天井にいる奴、下りてこい」

嵐丸は舌打ちした。とうに気付かれていたようだ。言われた通り、おとなしく床に下りた。元康は顔を上げた嵐丸に、すかさず鎧通しを突きつけた。

「やっぱりお前か。お前も俺を殺しに来たか」

「違う」

嵐丸は急いで言った。

「俺はその女の仲間じゃない」

「一緒にここへ来ただろうが」

「うまく使われただけだ。刺客とは知らなかった」

「今川の手先でなければ、何者なんだ」

隠しても仕方ないので、嵐丸ははっきり答えた。

「本業は、盗人だ」

元康は失笑を漏らした。

「忍びではなく、盗人か。まあ、その方が得心がいく」

鎧通しが引かれたので、嵐丸は胸を撫で下ろした。元康は鼻で嗤った。

「実は、お前が敵でないのはわかっていた。俺の配下が、その女と姉が、ひそひそ言い交わしているのを盗み聞きしてたんでな」

嵐丸は舌打ちしそうになった。

「何と言ってたんだ」

「事が成ったら、お前と沢木と麻耶とかいう女を始末する、というようなことだ」

やれやれ、やはり女はうっかり信用するもんじゃないな。

「では、天井裏で今の様子を見ていたのに、何故飛び降りて助けに入ろうとしなかった」

元康は少し口調を強めた。まだ疑いが少しは残っているのか。

「あんたが蔵人佐元康じゃない、と気付いたからだ」

はっきり言ってやると、ほう、と元康が眉を上げた。

「偽者だと思うのか」

「今の動き、素人でもなけりゃ侍でもない。忍びの心得があると見た。蔵人佐にそんな技があるとは思えん」

だいたいが、こんな所に蔵人佐本人がのこのこやってくることからして、おかしいと思ったんだ、と嵐丸は続けた。

「伴がたった七人だってのもな。酒井主膳なんて名乗った奴も含めて、みんな忍びじゃないのか」

元康、いや元康に扮している男は、面白そうにふんと笑った。

「いい読みをしてるな」

「で、あんたの名は」

男は、もう構わないと思ったようで、躊躇わずに名乗った。

「服部半蔵《はっとりはんぞう》」

ああ、と嵐丸は腑に落ちた。その名は、聞いたことがある。

「やっぱり忍びか。松平の忍びの頭だな」

「いや、確かに忍びを差配しているが、俺自身は忍びじゃない。心得くらいはあるが、れっきとした侍で、馬廻り役だ」

そこが大事なんだとばかりに、半蔵は言った。この場でこだわるのは何となく可笑しかったが、「はいはい、わかったよ」と嵐丸は応じておいた。

「だからってわけじゃないが、どうも女を殺すのは寝覚めが悪い」

半蔵は紗江の死骸を見下ろして、少しばかり情けなさそうに言った。忍びの束ねをする者が言う台詞じゃないな、と嵐丸は苦笑しそうになった。

「おい、それより一大事だぞ。あっちの居室で、秋馬右京介が殺されてる」

奥を指差すと、半蔵はしまった、と舌打ちした。

「女が襲ってきたからもしや、と思ったが、先にやられていたか」

だがこいつの仕業じゃない、と半蔵は紗江を指して言った。

「他の誰が手を下したかとなると……」

嵐丸が言いかけた時、外で騒ぎの気配がした。これは、と思って板戸を開け、半蔵と共に外の庭に飛び出した。

月の光の下で、二人が戦っていた。一人は忍び装束になった麻耶だ。半蔵のものと似た鎧通しを手にしている。二人が同時に打ちかかり、刃《やいば》が触れ合う音がした。

相手が飛びのき、篝火に近付いたので顔がはっきり見えた。思った通り、喜久江だった。髪を後ろで丸く束ね、黒っぽい色で袖がなく、丈《たけ》も腿の半ばまでという着物を身に着けている。これも一種の忍び装束だろう。この格好なら、屋根を駆けたり飛び降りたりの、素早い動きも楽にできる。華やかな小袖の下に、こんなものを着込んでいたとは。

麻耶が嵐丸たちに気付き、声を上げた。

「こいつ、秋馬の殿様を殺《や》りやがった！」

やはりそうか。喜久江も紗江も、忍びだったのだ。

「生け捕りに……」

半蔵が言い、加勢するつもりか前に出ようとした。嵐丸は止めた。

「生け捕っても、自分から口は割るまい。それに、誰の差し金でどういうからくりだったかは、見当が付いてる。何も聞けなくても、構わん」

そうか、と半蔵は承知した。半蔵も、ある程度は見極めていたようだ。

「しかし加勢は……」

「麻耶の邪魔をするな。じきにけりがつく」

女を殺すのは寝覚めが悪いんだろ、と言ってやると、半蔵は嫌な顔をして引き下がった。

喜久江は、思ったより腕が立った。麻耶の打ち込みを、何度もクナイで受け止め、躱している。だが、じりじりと押され気味になった。やはり麻耶の方が一枚上手なのだ。

このままでは窮する、と思ったか、喜久江は打ち合って離れたところを狙い、懐からひと回り小さくて細いクナイを出した。それを使って秋馬を仕留めたに違いない。喜久江はその細いクナイを、麻耶の顔めがけて投げた。ほとんど目にも留まらぬ動きだ。並みの侍なら、それでやられていただろう。

だが、裏目に出た。麻耶の動きは、クナイより早かった。紙一重で躱すと、一瞬の跳躍で喜久江に迫った。クナイを投げたがために、対応する喜久江の動きが僅かに遅れた。麻耶はそこを逃さなかった。鎧通しが、喜久江の喉を切り裂いた。暗い中でも、首筋からどっと噴《ふ》き出す血が、はっきり見えた。喜久江は膝から崩れ落ち、うつ伏せに倒れた。

麻耶は鎧通しを納め、額の汗を拭った。嵐丸が駆け寄った。

「おい、怪我はないか」

大丈夫と麻耶は肩で息をしながら言った。

「思ったより手こずった。なかなかのアマだよ」

そこで麻耶は、襦袢姿で立っている半蔵に気付いた。その姿を見て、何があったか悟ったようだ。

「紗江も？」

ああ、と嵐丸はちらりと半蔵を見てから頷いた。

「蔵人佐殿を殺すつもりだったんだ」

なるほどね、と応じてから、麻耶は半蔵の顔を覗き込んだ。

「で、あんたは蔵人佐様じゃないわけだ」

「ああ。服部半蔵という」

名を聞いた麻耶は、「やっぱりね」と薄笑いを浮かべた。

ばたばたと足音がして、沢木がおっ取り刀で駆け込んできた。立っている嵐丸たちを見て足を止め、足元に横たわっている喜久江に気付くと、目を丸くした。

「殺したのか」

ええ、と麻耶が頷く。

「紗江はどうなった」

嵐丸は無言で寝所の方を顎で示した。沢木は大きく溜息をついた。

「やっぱり、右衛門佐の放った刺客だったのか」

「右衛門佐ではないかもしれんな。今川の本家の手の者かも」

うむ、と応じてから、沢木は初めて半蔵に気付き、慌てて膝をついた。

「蔵人佐様、ご無事で」

いや違うぞ、と嵐丸は沢木の肩を叩き、起きたことの次第を話してやった。沢木は額を叩いた。

「何と、服部半蔵殿か。早くに気付くべきだったな」

「そう早く気付かれては、身代わりの意味がない」

半蔵はむっとしたように言った。

「それより、この女たちが怪しいとは気付かなかったのか」

半蔵は嵐丸たちを見回して問うた。

「姉は十七、妹は十五と聞いたが、嘘だろう。顔が幼いから騙されるが、俺が見るところ、少なくともそれより三つは上だ」

「へえ、わかるんだ」

麻耶が少し感心したように言う。

「お前は気付いていたか」

嵐丸が聞くと、麻耶は「女同士だからね」と当然のように答えた。

「何を企んでるかわかるまで放っておくことにした。ただ若く見せたかっただけかもしれないし」

でも今夜、宴席の片付けが終わったはずなのに戻らないから、捜してみたのだと麻耶は言った。

「そうしたら、主殿の隅に隠してあった小袖を見つけてさ。喜久江のだと気付いて、これはと思って忍び装束に着替えて屋根を調べたら、ちょうどあいつが屋根に出て来たんだ」

「秋馬を殺して、逃げるところだったのか」

「そう。その時はわかんなかったけど、どこへ潜り込んでたのか調べてみると、秋馬の殿様が死んでるじゃないか。びっくりして追ったら、あいつ隠してた小袖を着直して、しれっとして、どうかしましたか何て言いやがる。けど、全部見てたぞと言ってやったら、いきなり小袖を脱ぎ捨てて飛び出した。追っかけて、屋敷の外へ逃れようとするのを捕まえたんだけどね」

逆襲され、しばらくの間刃を交える羽目になったという。

「もっと早めに正体を見極めとくんだった」

麻耶は口惜しそうに言った。

「年の誤魔化しには、俺も気付いていたぞ」

沢木が口を挟んだ。

「へえ、いつから」

強がりと思って聞き返す。だが、そうでもなかったようだ。

「洞穴で野宿したよな。小川を越える時、紗江の胸に触れたろ。あの感触でわかった。十五の体じゃないってね」

「助平なだけじゃないか」

麻耶が沢木の尻を叩いた。

「助平が役に立つこともあるさ」

沢木は開き直ったように言って、寝所の方へ近寄った。そして、腰巻一つの姿で死んでいる紗江を見ると、いかにも残念そうに顔を顰めた。

「二人とも実にいい女だったのに、勿体ねえなあ」

「馬鹿か、あんたは」

麻耶が思い切り、沢木の頭をはたいた。それから嵐丸に問いかけた。

「あんたは、二人を全然怪しいとは思ってなかったの」

「いや。幾つか疑う理由はあった。いずれも絶対、というわけではなかったが」

嵐丸は、喜久江が隠し道を途中までしか知らなかったこと、その道に見張りの足軽がいたこと、姉妹らしく睦《むつ》み合う姿があまり見られなかったこと、などを挙げた。

「やはり本物の姉妹ではなかった、ということか」

沢木が腑に落ちたように言った。

「だが、一番気になっていたことは、別にある」

三人の目が、嵐丸に集まった。

「それは？」

「この二人は、家に残してきた父親についての心配を、道中、全く口にしなかったんだ」

あ、と麻耶が目を見開いた。自分を生んだ親の顔も、名さえも知らぬ麻耶には、気付けなかったことなのかもしれない。

「そうか」

沢木が、読めたとばかりに頷いた。

「あの孝左衛門という父親も、騙りだったか」

言いかけて、あっと呻く。

「孝左衛門の家を右衛門佐の手の者が襲ったのも、仕込みだったわけだな」

「そうだ。そうすれば、俺たちは孝左衛門を疑おうなんて気は起こさなくなる、って寸法だ。三人も殺されたのは、俺たちを甘く見過ぎた代償だ。段取りでは、適当な所で引き上げるはずだったんだろう」

実際、あの襲撃は都合が良過ぎる、という思いもなくはなかった。今から思えば、孝左衛門の家を教えた百姓も、仕込みだったに違いあるまい。

「ずいぶんと手が込んでいるな」

沢木は変に感心した声を出した。

「そうともさ。こんな大仕掛けまで仕組んだんだからな」

嵐丸は山の方を手で示して、言った。

「金山の話が丸ごと、罠だったってことか」

それについては、沢木はさほど驚いていないようだ。金山の痕跡が何も見つからないので、何か感じるところはあったらしい。

半蔵は表門の側に顔を向けた。

「こういう形で罠がはじけたからには、少々騒がしくなるぞ」

それは、と嵐丸が言いかけると、暗がりから足音が近付いてきた。五人や十人ではなさそうだ。具足が立てる音も聞こえる。嵐丸たちは、並んで身構えた。

月明かりと篝火に、具足姿の兵が浮かび上がった。ざっと二十四、五人。兵たちは五間余り先で足を止め、横に並んだ。真ん中に、兜武者が一人、出て来た。采配を振っているのは、この男だ。

「これはこれは。半ばは露見してしまったかの」

嘲笑《あざわら》うかのように言ったその男は、佐久間嘉右衛門だった。

十四

嵐丸は佐久間を睨み返した。

「お前、主君を殺したな」

「儂ではない。そこで死んでいる、女忍びだ」

佐久間は馬鹿にしたように嗤った。

「それに、我が主君は今川の御屋形様だ」

そういうことか、と半蔵が言った。

「秋馬家を乗っ取るつもりか。秋馬右京介が死んだ後、この領地を引き継ぐ約定を今川の御屋形から得ているんだな」

「秋馬右京介は恩ある今川家を裏切った。誅《ちゅう》されるのが当然であろう」

佐久間が言い放った。

「お前は秋馬が松平家に靡《なび》こうとしているのを知って、駿府にこっそり注進した。その上で、秋馬を利用して蔵人佐殿をここへおびき寄せ、一挙に両方とも屠《ほふ》ろうと企んだんだな。で、俺たちはその手駒に使われたわけだ」

嵐丸が詰め寄った。佐久間はニヤつきながら、答えない。

「この絵図を描いたのは誰だ。三浦右衛門佐か」

佐久間は、「さあな」ととぼけた。が、その目付きで図星なのがわかった。

「金山は、本当にあるのか。それも偽りか」

沢木が聞いた。今それは大事ではなかろう、と嵐丸は思ったが、佐久間は楽しむように応じた。

「それよな。聞かずに死ぬのは口惜しかろう。教えてやる」

勿体ぶった言い方だった。やはり楽しんでいるのだ。

「金山は、ない。さすがにもう、気付いているのではないか」

気付いていなければ馬鹿者だ、とでも言いたそうだ。沢木は余程腹立たしいのか、歯嚙みしている。

「正しく言うと、金山を掘ろうとしてやめたのだ。山師が一人、ここで金が出るかもと言ってきおってな。期待して掘ってみたが、金の気配もなかった。とんだ誤りだった」

「山師は騙りか」

「いや、当人は本気だったらしい。無論、処断したがな」

佐久間は、嘆かわしいという風に首を振った。

「隠し道も用意したが、十間ばかり掘りかけた坑道と共に草木に埋もれた。もう捜そうとしてもわからぬ」

道理で、幾ら目を凝らしても道が見つからなかったわけだ。

「だが、隠し金山の噂だけは残った。それを此度、うまく使ったのだ」

「右衛門佐の屋敷にあった絵図も、偽物か」

「このために新たに作ったものだ。儂は詳しく知らぬが、松平に通じている草崎某《なにがし》とかいう者を焚きつけ、絵図を盗み出させたらしい。わざと絵図が松平の手に入るよう、仕向けたのだ」

え、と嵐丸は半蔵を見た。半蔵は「ああ」と認めた。

「繋ぎの乱波が、草崎から絵図を受け取って岡崎に届けた。俺もそれは見ている」

てっきり右衛門佐の配下が草崎を殺して絵図を取り戻したと思っていたのだが、違ったのか。佐久間の言う通りなら、右衛門佐は草崎が松平の乱波に絵図を渡したのを確かめてから、用済みとして始末したわけだ。

「じゃあ……孝左衛門は絵図を見た松平家の誰かが来ると思って、待ち構えていたのか」

そこへ来合わせたのが俺たちだ。たまさか、俺たちも松平家に絵図を売り込もうと考えていたから、奴らとしては、これ幸いと俺たちをそのまま使えば良かったのだ。

「四郎三郎、あんた草崎を見張っていたと言ってたな。それに気付かなかったのか」

「面目ない」

沢木は頭を掻いた。

「てことは半蔵殿、麻耶から話を聞く前に、あんたらは偽金山の場所を知ってたのか」

「そういう裏付けがあったから、麻耶さんの話に乗ったのさ」

半蔵は当たり前の如くに言った。佐久間が笑い声を上げた。

「嵐丸よ。お前たちが動いてくれたおかげで、我らが企みは上首尾に運んだ。ここで礼を申しておく」

馬鹿にしやがって、と沢木が怒った。嵐丸は、沢木の肩を摑んで宥めながら言った。

「どこが上首尾なんだ。蔵人佐殿は来なかったぞ。騙されなかったからな」

「それは仕方がない」

佐久間はさして残念がる様子はなかった。

「正直、蔵人佐殿をここへ呼びつけるのは、無理があると思っていた。来ると聞いて驚いたが、七割方は身代わりだろうと見ていたのだ。案の定だったな」

しかし、と佐久間は続ける。

「岡崎と繋ぎを付けたことで、秋馬右京介を誅する大義名分はできた。遠江の他の国衆たちも、得心するしかあるまい」

なるほど。右衛門佐や氏真にとっては、元康を討てなかったことで成果は半分だが、佐久間にとっては、秋馬に取って代われることで充分なのだ。

「よくわかったよ」

半蔵が言った。

「もうその辺で、充分だ。だいたい聞きたいことは、聞けた」

佐久間が勝ち誇った笑みを見せた。

「覚悟を決めたか」

「いいや」

半蔵は指を口に当て、ぴゅっと鳴らした。次の瞬間、佐久間のすぐ後ろにいた兵が三人、首筋を押さえてよろめいた。佐久間が驚いて振り向く。三人はそのまま倒れ込んだ。首筋に手裏剣が刺さっていた。

「ご家老！」

ほぼ同時に一人の兵が駆け込んできて、叫んだ。その兵は三人が倒れているのを見て目を剝いたが、佐久間に何事かと問われ、慌てて告げた。

「はっ、松平家の者、寝所に見当たらず、隈なく捜しましたがどこにも」

何、と佐久間が顔色を変えた。その刹那、黒い影がどこからともなく現れ、佐久間の配下たちの間に飛び込んだ。いずれも忍び装束に腹当《はらあて》を着けている。半蔵配下の七人に違いなかった。

あっと思う間もなく、数人が斬り倒された。兵たちは刀を抜いて立ち向かおうとしたが、間に合わない。さらに二人が倒れた。

残る者たちは、すっかり浮足立っていた。この機を逃すことはない。沢木が刀を抜いた。嵐丸も麻耶も、短刀を手にした。誰が下知するでもなく、一気に駆け込む。

嵐丸は、一番手前にいた兵の首筋に、短刀を突き立てた。呆然としたまま、兵が倒れていく。すぐ先で、麻耶が髭面の兵の喉を切り裂くのが見えた。反対側では、沢木が一人を袈裟懸《けさが》けに斬った。具足が邪魔をしたが、肩口から腋《わき》までを斬られた兵は、血しぶきを上げて倒れた。

よし、と思った時、隙を作ってしまった。左手から来た兵が、嵐丸に斬りつけた。さっと身を引いて避けたつもりが、左腕に痛みが走った。ほんの三寸ほどだが、確かに斬られたようだ。嵐丸は身を翻し、相手の後ろに回って首筋を狙い、その兵を仕留めた。
気付くと、敵は五人ほどになっていた。残った連中は、刀こそ捨てていないが、足
ががくがくと震えている。もう斬りかかる気力はないようだ。沢木が一歩踏み出し、
刀を振り上げて一喝した。五人は縮みあがり、くるりと背を向けて逃げ散った。
主殿の廊下に足音が響いた。新手が来たかと、嵐丸は緊張した。だが、現れた連中
は刀こそ持っているが、具足を付けていない。寝入っていたのを騒ぎに気付いて飛び
起きた、という様子であった。
「な、何事。これはいったい……」
声を上げたのは、片倉だった。折り重なる死骸を見て、すっかり仰天している。う
ろたえぶりを見る限り、佐久間の仲間ではないようだ。嵐丸たちを睨む目付きから、
右衛門佐と通じているのではと思ったが、誤解だったかもしれない。
「お、おお、片倉か。こやつらを、討て」
佐久間が慌ててこちらを指した。だが片倉は、元康に扮している半蔵の姿を見て、
動けずにいる。
「しかしご家老……」

「たわけ！　こやつは、蔵人佐殿ではない。偽者じゃ」

「いかにも蔵人佐にあらず。蔵人佐が家臣、服部半蔵である」

半蔵が佐久間を制するように大音声を上げた。

「この佐久間が、謀《はかりごと》により右京介殿を弑《しい》したのだ」

なんと、と片倉が目を見開く。酔いが残っていたかもしれないが、すっかり醒めたようだ。そこへ都合良く、別の家臣が転がるように出て来た。

「片倉様っ、大変です！　殿が、殿が討たれております」

それを聞いた片倉の形相が変わった。

「おのれ佐久間嘉右衛門、やはり三浦右衛門佐と通じておったか。この痴《し》れ者《もの》め」

片倉が抜刀し、廊下から庭に飛び降りた。

「蔵人佐殿と盟を結ぶよう家中を焚きつけるので、日頃の申し様からして妙だと思っていたのだ。全て右衛門佐の差し金だな」

ようやく嵐丸にも読めてきた。秋馬の家中は、二つに割れていたのだ。一方は佐久間が頭で、駿府の今川氏真や三浦右衛門佐と深く繋がっていた。もう一方は当主の右京介に従い、松平と結ぼうと考えていた。片倉はそちらに属しているらしい。ならば片倉は、こちらの味方だ。

「ええい、貴様らこそ今川の御屋形様に弓引く慮外者《りよがいもの》ではないか」

「黙れ。お前なぞの好きにさせるか」

片倉が斬りかかった。佐久間も刀を抜いた。が、見てわかるほど及び腰だ。剣の腕は、片倉の方がずっと上らしい。

刀がぶつかり合い、火花が飛んだ。一撃で佐久間は押され、よろめいた。片倉は刀を構え直すと、気合と共に薙《な》ぎ払った。佐久間の首が、飛んだ。

片倉は刀を納め、半蔵の前で膝をついた。

「誠にもってお恥ずかしき次第。ひらにご容赦を」

「いや、よくぞ成敗された。見事に御主君の仇《あだ》を討たれましたな」

半蔵が労うと、片倉は恐縮して頭を下げた。

「片倉殿。もしや我らを佐久間方と思われましたか」

嵐丸が声をかけると、片倉は顔を赤らめて答えた。

「申し訳ござらぬ。佐久間といろいろ内々に話しておられたように見えた故、松平家との仲立ちをされたのは佐久間と示し合わせてのことかと思うてしまいまして」

やはり誤解だったか。互いに相手を右衛門佐の仲間と思っていたとは、皮肉な話だ。

「で、秋馬家としてはこれからどのように」

半蔵が聞いた。「されば」と片倉は頭を捻る。

「御嫡男はまだ幼き故、御弟君の治三郎《じさぶろう》様がお継ぎになるかと。取り急ぎそれがしが家中をまとめる所存ですが、何しろ、あまりに急なことで」

「相わかり申した。その旨、我が殿にお伝えいたす。天野右衛門尉や駿府の者どもがこの機を狙って押し出して来るやもしれぬ故、充分にお気を付け下され。我らも、出来得る限りご助力いたす」

「かたじけのうござる。速やかに家中の意を固め、御家にお味方申し上げまする」

「よろしくお頼み申す」

半蔵も膝をついて、頭を下げた。これで秋馬家と松平家の盟は、どうやら画餅《がべい》に帰すことなく済みそうだ。

ほっとして、ふと横を見ると、麻耶が喜久江の死骸に屈みこんで体を探っていた。

嵐丸は眉をひそめた。

「おい、何してるんだ」

麻耶は答えずに手を動かし続け、やがて目当てを見つけたらしく、何かを摑んで引っ張り出した。

「ほうら、あったよ」

麻耶が突き出したのは、折り畳まれた書状のようなものだった。嵐丸はすぐに何なのか気付いた。

「もしかして、秋馬右京介殿が殺された時にしたためていた書状か」

「読んでごらんよ」

嵐丸は書状を受け取り、慎重に開いた。読めるよう篝火に近付けると、半蔵と片倉と沢木も、雁首《がんくび》を揃えて覗き込んだ。

「ああ、やっぱりそうだ。佐久間の企みについて記してある」

嵐丸は文字を追いながら呟いた。途中までしか書かれていないが、金山は存在せず、此度の誘いが三浦右衛門佐と佐久間の仕掛けた罠であることが明確に示されていた。

やはり秋馬は、途中で佐久間の肚に勘付いたのだ。佐久間の方も勘付かれたことに気付き、秋馬の傍に配下を置いて、常に目を光らせるようにしていたのだろう。秋馬は仕方なく元康の来訪を求めることにしたが、本当に来たのには少なからず驚いたのではないか。そこで元康に企みを知らせようとしたものの、佐久間らに見張られている中では難しい。気付かれぬよう動くには、見張りの隙を狙って嵐丸に書状を託ししかないと考えたわけだ。

「しかし、喜久江はなぜその書状を持っていたのかな。焼き捨てればいいものを」

沢木が言った。それには嵐丸が答えた。

「さっき佐久間も言っていたろう。国衆たちの手前、右京介殿を誅するには大義名分が必要だ。この書状、裏切りの証しとしては申し分ない。佐久間の口上だけでなく、これを示されたら、国衆も頷かざるを得まい」

「嵐丸殿の言われる通りかと存ずる」

片倉も賛同した。それはそうだな、と沢木も得心したらしく頷いた。

「ちょっと嵐丸！　あんた斬られたの？　血が出てるじゃない」

いきなり麻耶が叫んだ。一同が嵐丸の方を向く。これには寧ろ、嵐丸の方が驚いた。そう言えば確かに腕を斬られていた。慌てて左腕を見ると、確かに血が滴《したた》っている。

「ああ、かすり傷だ」

実際、刀の刃に撫でられた程度だ、と思っている。麻耶が傍らに来て、嵐丸の左腕を摑んで持ち上げた。

「うん……確かにそう深くはないね」

傷を仔細に見て、麻耶は嵐丸を井戸の方へ引っ張っていった。そんな世話は要らんと言ったのだが、麻耶は汲《く》んだ水で傷を洗い、懐から出したさらしを巻いた。

「ちょっと大袈裟だな」

嵐丸は笑ったが、麻耶は至って真面目な顔付きだ。

「浅い傷でも馬鹿にしちゃ駄目だよ。戦場じゃないんだから、ちゃんとしとかなきゃ」

そんなことを言いながらさらしを巻き終えると、これでいい、と嵐丸の肩を叩いた。

「うむ。済まんな」

麻耶に礼を言うような機会は滅多にないので、当惑気味になった。麻耶は無言の頷きを返すと、何事もなかったように背を向けた。

皆のところに戻ると、沢木がさらしを見て「大層だな」と言った。何だか嵐丸と麻耶に、変に悟ったような顔を向けているのが気に食わない。

「何だよ。言いたいことでもあるのか」

「ああ、いや」

沢木はかぶりを振り、咳払いしてから言った。

「ところで、思ったんだが、喜久江はどうして右京介殿の部屋に忍んで行ったんだろう。書状を書こうとしていたのは、知らなかったはずだろ。何か疑わしいことでもあって、佐久間に調べろとでも言われたのか」

嵐丸は、何を言ってるんだと沢木を見返した。

「俺たちのせいに決まってるだろうが」

沢木は、ぽかんとした。

「どういうことだ」

「わからんのか。宴席の前に、離れで俺が、右京介殿から蔵人佐殿に物を届けてほしいと頼まれたことを、あんたたちに話したじゃないか」

あっ、と沢木が額を叩いた。

「そうか。隣の部屋で、喜久江が盗み聞きしていたんだな」

「そうだ。喜久江はあれを聞いて、右京介殿が罠のことを蔵人佐殿に伝えるつもりだと気付いたんだ。蔵人佐殿にばれてしまえば、騒ぎが起きて全て台無しだ。岡崎に逃げのびられたら、ここに攻め込む名分を作ってやったも同じだからな。右京介殿を殺しても、止めなくちゃならなかったんだ」

まいったな、と沢木は呻いた。

「けどそれだと、俺たちと言うよりあんたのせいじゃないか」

「俺が離れで、右京介殿に頼まれたことを口にしたのが拙かったって？　ああ、そうともさ。俺が不用心だったんだよ」

沢木の言う通りとわかっているので、嵐丸は不貞腐《ふてくさ》れた。麻耶が割り込む。

「しょうがないでしょ。あの時は、あいつらが刺客だってことを摑んでたわけじゃないんだから」

「まあ、それはそうだな」

沢木もそれ以上、何か文句を言うことはなかった。

「ところで、お前さんがた」

しばらく配下と話をしていた半蔵が、声をかけてきた。

「俺たちは夜明け前にここを出て、岡崎に戻る。お前さんたちも一緒に行くか？」

「うむ、それは有難い。そうさせてもらおう」

嵐丸はすぐに答えた。正直、渡りに舟だ。麻耶も言った。

「岡崎に、礼金もらいに行かないといけないし」

沢木は期待も露わに半蔵に擦り寄った。

「半蔵殿。それがしのことは、口利きしていただけましょうな」

「それは岡崎に着いてから、石川与七郎殿か酒井左衛門尉殿に言ってくれ。俺にはそんな力はない」

沢木は見るからに落胆した顔になった。それを見た半蔵は、宥めるように言った。

「とはいえ、あんたの腕前はさっき見せてもらったからな。なかなかのもんだ。あんたの役者ぶりも含めて、その辺はちゃんと上の方に伝えておく」

「かたじけない！　何卒よしなに」

沢木の顔が、落胆から安堵へところころ変わるのを見て、嵐丸は噴き出しそうになった。

「ついでに、女を見る目も確か、と売り込んでもらっちゃどうだい」

からかってやると、今度は渋面になった。嵐丸の代わりに、麻耶が笑い出した。

十五

前夜の話の通り、半蔵の率いる松平家の一行は、東の空が僅かに白み始めた頃、秋馬家の屋敷を出た。見張りも待ち伏せもいない、ということは、半蔵配下の忍びが確かめてある。

もし佐久間が犬居の天野右衛門尉などと事前に打ち合わせていたら、天野勢が押し寄せてくることも考えられたので、一晩中警戒は怠《おこた》らなかったが、幸いそんな気配はなかった。

片倉も夜っぴて奔走していたが、家中でもはや抗する者はなさそうだという。

「これまで旗幟《きし》をはっきりしておらなんだ者もいましたが、佐久間を討ったことで皆、こちらに従いました。佐久間についていた者も、すぐ同様になりましょう」

片倉はそんな風に請け合った。一晩のうちに家中のだいたいを掌握したのだから、この男も相当な切れ者らしい。松平にとっては、頼もしい味方だろう。

昼過ぎには、三河に入った。空はよく晴れ、初夏の強い日差しが一行に降り注いでいる。田んぼは青々として、見た限りでは、戦乱の痛みはどこにもなかった。

「ああ、穏やかだなあ」

沢木が伸びをしながら天を仰いだ。

「こういう日が、ずっと続けばいい、と思うこともある」

侍らしくないね、と麻耶が揶揄した。

「乱世でこそ、侍は名を上げられるものでしょう」

「それは確かだ。現に俺も、それを目指してはいるわけだが」

沢木の頭は、岡崎で仕官できるか、どの程度の禄を貰えるか、そのことで占められているらしい。

「百姓町人にとっちゃ、戦がないのが一番だ」

嵐丸は、田んぼを見ながら言った。どの田でも皆、野良仕事に精を出している。ここで大戦でも起これば、敵方に踏み荒らされて無に帰すこともあり得るのだが、今はそのようなことを考えている暇はないのかもしれない。現にこの近くでは、今川と松平の小競り合いが度々起きているのだが、田畑が荒れるほどではないようだ。

「そりゃあ、百姓町人にとってはな」

沢木は、侍はそうもいかんと言うつもりだったのだろう。が、嵐丸は声を強めて言った。

「侍だって、一生戦だけを続けていけるわけじゃない」

沢木は、びくっとしたように口をつぐんだ。嵐丸の顔つきが硬かったせいもあるだろう。沢木はしばし目を前に向け、黙って歩みを進めた。それから、思い出したように言った。

「そう言えば、まだ一つ片付いてないことがあったな」

嵐丸は眉をひそめた。

「何の話だ」

「あれだよ。右衛門佐の手の者三人を誰が殺ったか、だ」

「あの村外れでのことか」

あれから九日ほどしか経っていないが、ずいぶん昔の話のような気がする。

「斬られたのは俺たちが孝左衛門の家を出て、野伏せりに襲われた後の夜だったな」

かなりの腕の者に斬られた、という以外、何もわからなかった。今のところ、それらしい相手には出会っていない。考えれば、あの道中で度々、誰かに見られているような気がしたのだが、それもそのまま忘れていた。あれはやはり、気のせいだったんだろうか……。

「秋馬に関わりのある誰かの仕業かねえ。あるいは半蔵の配下」

沢木は声を落として、前を行く半蔵たちを指した。どうかな、と嵐丸は首を傾げる。あの時はまだ、半蔵も松平家も、俺たちのことを知らなかったはずだが……。

「もう、何でもいいじゃん」

後ろから麻耶が、少しばかり苛ついたような声を出した。

「金山の一件は、全部片付いたんだよ。一つ二つ、わからないことが残ったって、もう関わりないでしょ」

おう、と沢木は目を見開く。

「麻耶さんの言う通りだ。済んだことに囚われても始まらんな。うん、そうだ。先のことだけ考えよう」

沢木は割り切ったようだ。自分で蒸し返しておいて何だよ、と嵐丸は呆れた。だが、嵐丸自身も同感だった。乱世は次々にいろんなことが起こる。些細なことであっても、過去にこだわる者は前に進めないのだ。


岡崎城で嵐丸たちに応対したのは、予想した通り石川与七郎数正であった。最も古参の重臣の一人である数正は、嵐丸たち三人を前にして、厳めしい顔で言った。

「半蔵から話は聞いている。此度は、いろいろと働いてもらったようだな」

「恐れ入りまする」

沢木が三人の頭であるかのような態度で、神妙に頭を下げた。が、数正は沢木ではなく、麻耶の方に目を向けた。

「麻耶よ、だいたいはお前の読んだ通りであったか」

す。

「はい、だいたいは」

「えっ……」

沢木は驚きを浮かべて、麻耶の顔を見た。麻耶が小馬鹿にしたような表情で見返す。

「何だお前、金山のことが罠だと承知で、与七郎殿に伝えていたのか」

「そうだよ」

麻耶はしれっと言った。

「じゃあ、半蔵殿が、絵図を見たから麻耶さんの話に乗った、と言ったのは……」

「罠だということを含めてに、決まってるだろうが」

じれったくなった嵐丸が口を出した。

「あのなあ。蔵人佐殿の身代わりを送り込むにしても、それなりの家臣たちじゃなく服部半蔵と忍びたちを使ったのは、何故だと思ってるんだ」

あ、と沢木は目を瞬いた。

「初めから、襲わせて逆襲する気で……だから人数も少なく……罠を逆手に取って、秋馬家を手に入れるという腹積もりだったのか」

「秋馬の家中が割れているのを嗅ぎつけていたなら、この機に乗じて一気に敵方を片付ける、という策を仕掛けるのは、大胆だがいい手だ」

嵐丸は沢木に言ってから、数正の方を横目に見た。数正は、ニヤリと凄味の感じられる笑みを浮かべた。

「少なくとも、その沢木よりおぬしの方が一枚上のようだな」

「何と……いや、ご無礼」

沢木は目を白黒させた。その様子を見て、麻耶が含み笑いした。

「まあ良い。約束したものを渡そう」

数正は脇に置いてあった盆を引き寄せ、嵐丸たちの方に差し出した。革袋が三つ、載せられている。

「有難く」

いささか度を失っている沢木を差し置き、嵐丸が膝を進めて盆を受け取り、引き寄せた。袋を改める。約した通り、銀で百貫が入っていた。

それぞれ革袋を懐にしまってから、沢木がおずおずと言った。

「ああその、それがしのことでございますが……」

承知しておる、と数正は安心させるように頷いた。

「腕は立つそうだな。胆もなかなか据わっておると」

麻耶が噴き出した。


「ふむ。剣は念流をいささか」

嵐丸は、我流ではないかと思っていたが、そこは言わずにおく。

「女にもそこそこ通じておるようだな」

「え、いや、それは」

沢木が慌てる。半蔵はあの冗談を、そのまま伝えたようだ。麻耶が噴き出した。

「ははっ、まあそれはどちらでもいい」

数正は、堅苦しい顔を崩して笑った。ほっとしたのか、沢木の肩が落ちる。

「頭はそれなる嵐丸の方が一歩先んじておるようだが、腕が確かであれば、当家としても手は幾らでもほしい。さしあたり、知行百五十貫でどうか」

沢木の顔が、ぱっと輝いた。

「有難き幸せ。御家のため、粉骨砕身いたしまする」

居住まいを正し、平伏する。数正は鷹揚に「うむ」と応じた。それから嵐丸に顔を向けた。

「嵐丸よ。半蔵はおぬしを随分と買っておるのだが、当家に来る気はないのか」

「いや、それは」

嵐丸は笑って額に手をやった。

「俺はただの盗人です。好きに生きられる方がいい。この麻耶と同じですよ」

ちらりと麻耶の方を見た。麻耶は何故か、少し赤くなったように見えた。

「まあ、麻耶共々、俺を仕事に雇いたくなったら声をかけてくれりゃいいですよ。次第によって、話に乗りますんで」

「そうか。それも良かろう」

数正は、そういう答えを予期していたようだ。それ以上、こだわることはなかった。

「ただし、この岡崎で盗み仕事はするなよ」

じろりと嵐丸を見て、そこだけ釘を刺した。どうも冗談ではなさそうだ。嵐丸はおとなしく、「心得ております」と頭を下げた。

「では沢木四郎三郎、今日はもうよい。城下に泊まれ。殿への目通りは、明日とする」

「今日は御目通り叶いませぬか」

そのつもりでいたらしい沢木は、少しがっかりしたようだ。

「うむ。今日は客人があってな。そなたらも、関わりないことでもないのだが」

「と言われますと」

嵐丸が興味を惹かれて尋ねた。自分たちに関わり、ということは秋馬の絡みか。

「実は、犬居の天野安芸守殿の使いが来られておる。秋馬の騒動を聞きつけ、火の粉がかからぬうちにと、本腰を入れて当家と結ぶご所存らしい」

秋馬屋敷で半蔵は、安芸守が既に松平と結んでいるように言っていたが、あれは方便だったようだ。なるほど、と沢木が膝を打った。

「秋馬家が御当家と結んだことを知った駿府の御屋形が、遠江の北で今川家に疑念を抱いている国衆らを、今後の憂いなきよう討伐するのでは、と考えたのですな。その場合、同じ天野家の右衛門尉と確執のある安芸守殿がまず狙われやすい。そこで、先手を打って動いた、ということですか」

「ふむ。沢木も少しは読めるようだな」

数正が目を細めて言った。評価を上げた、と思ったらしい沢木が、笑みを返した。

(その通りだろうが、ずいぶん早いな)

嵐丸は頭で勘定した。秋馬家の騒動は、三日前の夜だ。翌日には天野家に伝わったとして、その日のうちにどう動くべきか決め、昨日中には犬居を発ったということか。今朝早くに出て、馬を飛ばして来たのかもしれない。

いずれにせよ、天野安芸守の下にも、機を見るに敏な者がいる、ということだ。嵐丸は顔を見てみたくなった。

「安芸守殿の御使者は、どちらに。今、蔵人佐様とお会いですか」

「いや、家中の用談が済むまで、控えでお待ちだが」

数正は答えてくれたが、何故そんなことが気になる、という顔をされたので、「では、お邪魔でしょうからこれにて」と挨拶した。沢木はまだ何か数正に聞きたそうだったが、嵐丸に従ってその場を辞した。


廊下に出てから、嵐丸は麻耶に尋ねた。

「お前、岡崎城の中はよく知ってるんだろ。使者の控えは、どこだか見当が付くか」

「うん。この先の左手にある座敷だと思うけど。どうして」

「安芸守の使者とやらを、拝んでみようと思ってさ」

表口から退出する道筋とは離れていたので、嵐丸は廊下から中庭に下り、そっとその控え座敷に近付いた。暑い時季でもあり、板戸も襖も風を通すため開けてあるので、好都合だ。

座敷には、三人の侍が座っていた。四十過ぎと見える、白髪交じりの年嵩の者が上座に居る。それが使者で、あとの若い二人は従者のようだ。嵐丸は植込みの陰に隠れ、しばらく様子を窺った。

年嵩の使者が、暑いらしく扇子《せんす》を使いながら、ちらりと庭の方を向いた。それで嵐丸にも、正面から顔が見えた。

嵐丸は絶句した。が、驚きはそれほど大きくはなかった。心のどこかで、これを予感していた気がする。嵐丸は後ずさりして座敷から見えないところまで下がると、そこで待っていた麻耶の腕を摑んだ。

「ちょっ……何よ」

力が入り過ぎたらしく、麻耶が顔を顰める。その耳元に口を寄せ、囁いた。麻耶の顔色が変わった。

「間違いないの」

「ああ。すぐ石川殿に知らせろ」

わかった、と麻耶は音もなく廊下へ飛び上がり、奥へ走った。直後、表口側の廊下の角から沢木が顔を覗かせ、のんびりと聞いた。

「何やってんだ。帰るんじゃないのか」

嵐丸は口に指を当てて静かにしろと示し、沢木に駆け寄って耳打ちした。

「なっ……」

仰天する沢木を抑え、嵐丸は廊下に膝をついた。そのまましばし、待つ。

奥から慌ただしく走り出て来る何人もの足音が聞こえた。間もなく、廊下に雪崩《なだ》れ込むようにして、麻耶と一緒に十数人の侍たちが現れた。皆、血相を変えている。先頭は石川数正だ。侍たちの半数は庭に飛び降り、廊下の者たちと一緒に、忽ち控え座敷を取り囲んだ。気の早い者は、もう抜刀している。

座敷にいた三人は、驚いて刀を摑み、立ち上がった。

「これは何としたことか！」

年嵩の使者が、叫んだ。

「我らを討つおつもりか。我らとの約定は反故《ほご》にし、犬居を攻めるというのかッ」

「黙らんか、この騙りめが！」

数正が一喝した。何だと、と使者が激昂するところへ、嵐丸が麻耶と並んで前に出た。二人の顔を見た途端、使者の顔が青ざめた。

「お前たちは……」

「覚えててくれたか」

嵐丸は笑った。

「あんたの本名も、ここで何と名乗ってるかも知らないから、俺の聞いた名で呼ばせてもらおう。しばらくだったな、孝左衛門さんよ」

一宮荘で山師の孝左衛門と名乗っていた男は、歯軋りして嵐丸を睨みつけた。

「痛めてたはずの足も、もう治ったようだな。おまけに見た目まで少々若返ってるじゃないか」

言ってやると、つられて孝左衛門は自分の足に目を落とした。引き摺《ず》ったりする様子は全くない。足を痛めた云々は、自分が金山へ同行しない理由づけの、偽装だったのだ。

「喜久江と紗江がしくじった時のために、こんな手も用意してたとはな。天野安芸守の家臣に成りすまして岡崎に乗り込むとは大胆だが、ちっと単純過ぎるぜ」

嵐丸はせせら笑う。孝左衛門の顔が、怒りで朱に染まった。

「うまく行ったとしても、蔵人佐殿を斬れるかどうかは、せいぜい五分五分だろう。それでも、しくじったまま何もしないでは、三浦右衛門佐があんたを許さない。そんなところか」

孝左衛門と二人の配下も、刀を抜いた。嵐丸を睨み据えながらも、じりじりと下がっている。だが、逃げ切るのは無理だろう。

「しかし、ちょっと早く動き過ぎたな。まさかこの岡崎城で俺たちと鉢合わせるとは、あんたも運がないなあ」

「言いたいことはそれだけかッ」

孝左衛門は辛抱が切れたように、嵐丸めがけて斬りかかった。嵐丸は麻耶の前に出て、懐の短刀を抜いた。同時に、数正の配下の侍が、孝左衛門に横から刀を振るう。孝左衛門はそれを薙ぎ払い、嵐丸の方に踏み込んだ。もはや、自分の生死は考えず、嵐丸だけでも仕留めるつもりらしい。こういう奴は、危ない。

嵐丸は麻耶を庇うようにして、一歩引いた。麻耶も既に、鎧通しを構えている。僅かでも隙があれば、孝左衛門の首筋を抉るつもりだ。

そこへ沢木が飛び込んだ。孝左衛門が気付き、そちらに刀を向けて一撃を受け止めようとする。だが、一瞬遅れた。沢木が振り下ろした刀が、孝左衛門を斜め一文字に切り裂いた。斬り口からどっと血が溢《あふ》れ、孝左衛門はその場に倒れた。配下二人は、さして抗する間もなく、松平家の侍たちに斬り伏せられた。

廊下に立ったまま、数正は大きく安堵の息を吐いた。

「まいったな。このような者に易々と騙されるとは」

「秋馬家のことをうまく片付けた後の油断を、衝かれましたな」

嵐丸に痛いことを言われ、数正は苦い顔をした。

「蔵人佐様に害が及ばず、良うございました」

すかさず麻耶が言った。もしあのまま孝左衛門を元康に会わせていたら、と考えたか、数正は身震いするようにして、刀を納めた。

「沢木。その腕前、確かに見せてもらった。かの者を一刀のもとに斬り捨てるとは、半蔵の申す通り、大したものじゃ。殿にも申し上げておく」

「ははっ、有難き幸せ」

また評判が上がると踏んだのが、沢木の顔に出ていた。期待し過ぎると逆に値打ちが下がるぞ、と嵐丸は胸の内で嗤った。

その晩は、数正の教えてくれた宿屋に泊まった。数正の口利きということで、畳敷きの一番上等の部屋に通された。おかげで、何日かぶりにゆっくり眠ることができた。

朝起きると、麻耶の姿がなかった。宿の主人に聞いてみると、夜が明けて間もなく発ったという。どこへ向かったかは、わからない。

嵐丸は、少しばかり落胆した。麻耶とは、もう少し共に何かできるかと思ったのだが。しかし麻耶も自分も、根無し草だ。好きな所へ行って、好きなことをする。気ままが自分たちの信条だ。乱世ならばこそ、それは許される。

「おお、何だ。もう朝か」

沢木が、大欠伸をしながら起き上がった。

「麻耶さんはどうした」

「もう、どっかへ行っちまったよ」

何だそうか、と沢木は眉を下げた。

「お前を置いてか」

はあ？　と嵐丸は訝しく思って沢木を見返す。

「どういう意味だよ」

「どういうって……お前もわかってるだろうが」

「何を」

沢木は呆れ顔になった。

「麻耶さんはお前に気がある。そのぐらい承知だと思ったが」

「え、何を言ってるんだ」

自分で顔が熱くなるのがわかり、無性に腹立たしくなった。そりゃあ、自分だって麻耶をものにできたらと思う。だが、簡単な話ではない。

「あいつは頗るいい女だが、反面、もの凄く危ない女だ。俺は何度も痛い目に遭ってる。喜久江の喉を瞬き一つせずに切り裂いたのを、あんたも見ただろう」

「ああ。だが相手は、殺すか殺されるかの敵だった。お前の喉を裂くようなことはせんだろ」

「冗談でも言うな。首筋が寒くなる」

沢木は、大きく笑った。それから少し真顔になる。

「秋馬屋敷での斬り合いで、お前が怪我した時、大した傷でもなかったのに麻耶さんは、本気で心配してすぐ手当てしたよな」

沢木が腕の傷を指した。まだ傷ははっきり残り、腫れているが、膿《う》んだりはしていない。麻耶の手当てが良かったから、とでも言いたいのか。

「だから気があるってのか。考え過ぎもいいところだ」

「いいや。じっと見てればわかる。何気ない仕草にも、それが出ていた」

あのなあ、と言いかけると、沢木は「女を見る目は折り紙付きだ。半蔵が石川殿にそう言ったらしいしな」と片目をつぶってみせた。

「あいつは何も言わず、出て行ったんだぞ。一人で好きに生きるのが、あいつだ」

俺と同じように、と続けようとして、やめた。何だか馬鹿らしくなる。沢木がその様子を見て、また笑いながら言った。

「戻ってくるさ。そのうちにな」

その口調は、妙に自信ありげだった。

十六

国境を越えて信濃に入る頃には、日はだいぶ傾いていた。麻耶は足を速めた。今宵は伊那の松尾《まつお》城下に泊まるとして、明るさが残るうちに里まで下りておきたい。つづら折りだった険しい峠道も、かなり緩やかになっていた。昼頃までは、商人の荷駄と警護に雇われた牢人者たち、旅の僧、作物を運ぶ百姓などと行き違ったし、一人旅の麻耶を珍しがって、危ないから一緒に行こうなどと下心見え見えの声がけをしてくる者もいた。だが今はもう、信濃側から三河や遠江に向かう旅人は見えない。峠越えの途中で日が暮れてしまうからだ。

街道の右手は山肌、左手は雑木林だ。次の村まではまだ少しあり、田畑などは見当たらない。微かな鳥の声が聞こえるほか、麻耶はたった一人だった。

道が再び上りにかかった時、人の気配がした。麻耶は足を止め、辺りを窺った。前の方に、誰かいる。

相手も麻耶に気付かれたのを悟ったようだ。山側の木の陰から、姿を現した。袖のない羽織に括り袴だが、いずれも黒に近い色だ。三十くらいに見えるが、髭はない。忍びの心得のある侍、と麻耶は見当を付けた。

麻耶と侍は、少しの間対峙する形で向き合っていた。侍は値踏みするかのような目を麻耶に向けている。麻耶は間合いを測りつつ、じっと待った。

やがて侍の口元に、微かに笑みらしきものが浮かんだ。

「お待ちだ」

侍は一言だけ告げると、さっと踵を返した。麻耶はその侍に従った。

道が曲がって右の方へ回り込んだ先に、小さな朽《く》ちかけた祠《ほこら》があった。その周りが、少しばかり平らになっている。

そこに床几《しょうぎ》を据え、一人の老人が座っていた。年は七十にもなろうか。袴も羽織も、被っている頭巾もずいぶんと古びたものだった。だが眼光は鋭く、何者も射通すようである。頭と内なる気は、見てくれほどに衰えてはいないのが明らかだった。

老人の周りには、警護の者が五人、囲むように配されている。いずれも、相当な手練れであることは感じ取れた。麻耶は老人の前に進み出ると、膝をついて頭を垂れた。

「お待たせいたしました、道鬼斎《どうきさい》様」

呼びかけられた老人は、小さく笑った。

「今は鬼左衛門《きざえもん》と言うておる」

「ご無礼いたしました、鬼左衛門様」

「それで良い。道鬼斎は、去年死んでおるわけだからの」

かつて山本勘助《やまもとかんすけ》の名で武田信玄に仕え、その軍略で日の本の諸将を恐れさせ、尊敬を集めた男は、呵々《かか》と笑った。彼の言う通り、山本勘助は昨年の川中島《かわなかじま》の戦の折、自ら立てた啄木鳥《きつつき》の戦法を上杉謙信《けんしん》に破られ、討ち死にしたことになっている。

「死んでいた方が何かと都合が良い。好きに動けるからの」

勘助は楽しんでいるかのように言った。

「死人は大概の場合、動かぬものですが」

麻耶が言ってやると、勘助はまた大きく笑った。

「確かに、その通りじゃ」

ひとしきり笑うと、勘助は真顔に戻った。

「さて、この幽霊の頼み事は、片付いたようじゃな」

「はい。松平蔵人佐、無事岡崎に戻りました。駿府より送り込まれた刺客、秋馬家で駿府と深く結んでいた者、いずれも始末されましてございます」

ですが、と麻耶は続ける。

「松平方も、概ね企みを見抜いておりましたようで。服部半蔵が出向きました」

「左様か。ならば、それで良い」

勘助は満足げに頷いた。

「蔵人佐にもなかなかの器量あり、と確かめられたわけだからの」

勘助の言い方からは、元康のことを相当に認めているのがわかった。

「ただ、馬場民部様が秋馬に入れておりました手の者、嵐丸らに討たれてしまいましたが」

「良い。民部が自身で行っていたこと、こちらは与《あずか》り知らぬ」

勘助は事もなげに言った。大勢に影響ない、ということだ。

「治部大輔《じぶたいふ》殿も、あのような奸物《かんぶつ》に頼るようでは、のう」

慨嘆するように続けた。治部大輔は今川氏真、奸物とは三浦右衛門佐を指している。

「此度のことも、余りに小賢しい。細工が多く、込み入っているほど謀というのはうまく行かんものじゃ」

確かに三浦右衛門佐の策は、込み入り過ぎていた。元康の暗殺と秋馬右京介の成敗を同時にやろうと考えた辺り、いかにも頭の良さを誇示したがる小人物のやりそうなことだ。

麻耶はちらりと、ここへ案内した侍の方に目をやった。あの村外れで右衛門佐の手の者三人を斬ったのは、この男に違いあるまい、と麻耶は踏んでいた。繋ぎを使って右衛門佐の追っ手を始末するよう頼んだのは、麻耶自身だったのだ。あの追っ手は、麻耶たちの一行が秋馬郷に着くのを見届けて駿府に知らせる役目だったのだろう。だが、それが邪魔だった。

駿府からずっと、麻耶は武田の者に繋ぎを取っていた。右衛門佐の手の者に、繋ぎの者と会うところを見られるわけにはいかなかったのだ。その一方、繋ぎのために夜、外へ出たことや、合図の口笛を聞かれたことで、嵐丸に気付かれたのではないかと心配していた。

それは結局、杞憂《きゆう》だった。麻耶のこととなると、嵐丸はいつもより目が曇る、と言うか、甘くなる。それを承知している麻耶には、何だか可愛く思えた。それでも、繋ぎの者が付かず離れず尾けてきている気配は、嵐丸にも気取られたようだ。しかし相手が何者かまでは、わからなかったはずだ。

「蔵人佐がことについては、躑躅《つつじ》ケ崎《がさき》の御屋形様にお知らせしておく。今川家のやったこともな」

はい、と麻耶は頭を下げた。

「松平と結び、今川を食いますか」

勘助は僅かに顔を顰めた。

「それは御屋形様が決める話じゃ」

「出過ぎたことを申しました」

麻耶は神妙に詫びた。勘助は頷き、床几から立ち上がると麻耶の脇に立って、手を西の空に向かって伸ばした。

「麻耶よ、見てみろ」

麻耶は立って勘助の傍に寄り、眩しさに目を眇めて手の先を眺めた。広げた掌に、ちょうど山の端にかかった夕陽が載っているように見える。

「あれが、今川じゃ」

「は？」

麻耶は何の意か、と勘助の顔を見た。勘助は眩しさも気にならぬように、じっと夕陽の方を向いている。

「今川は、沈みかけた陽じゃ。先の太守殿の輝きは、もうない」

先の太守、海道一の弓取りと言われた今川義元が統べていた頃、今川家は絶頂を迎えていた。今それは、氏真の器に納まりきれず、一時の栄華の夢に消えようとしている。勘助はそう言いたいのだ。

「治部大輔とて、全くの暗愚というわけではない。父君が討たれてから領内をまとめ直すのに奔走した、というのもわかる。しかし、気概を見せて人を束ねる、というのは不得手だったようじゃ。側近の選び方も、間違うた」

勘助は手で夕陽を包み込むような仕草をしてから、また開いた。

「もはや今川は、このように我らが掌にある夕陽じゃ。いつなりとも、握りつぶすことができよう。でなければ、山の端に沈むのみ」

勘助は掌を閉じて、手を下ろした。夕陽は半分、山の端に入っていた。

「御意」

麻耶は再び膝をつき、静かに言った。

「遠からず、松平と言い交わして遠江に入ることになるやもしれぬの」

勘助は独り言のように呟いた。そして振り返ると、麻耶を案内した侍に、顎で指図した。侍は一礼し、懐から口を縛った布袋を出した。それを麻耶に向かって突き出す。

「約したものじゃ。ご苦労だった」

麻耶は恭《うやうや》しく受け取った。百貫文に相当する、金《きん》である。武田家は正真正銘の隠し金山を幾つも持ち、懐は潤沢であった。

「有難く」

麻耶が礼を述べると、勘助は目を細め、床几に座り直した。

「行くがいい。また頼むことがあれば、繋ぎをつける」

麻耶は深く頭を下げると、さっと身を翻し、その場を去った。松尾まであと四里。急げば何とか、真っ暗になる前に着けるだろう。

浜名《はまな》の湖《うみ》の北端に位置する気賀の湊は、船で湖を渡る様々な荷が運び込まれ、常に賑わっていた。船主の問屋、馬借《ばしやく》、宿屋に加え、京の都から送られてくる布地や酒や茶、器などを商う店もある。何十もの家々が軒を連ね、買い付けや運び賃の交渉をする声が朝から夕まで、飛び交っていた。

しばらくぶりにこの地に戻った嵐丸は、行き合った顔見知りらと声をかけ合いつつ、町外れの寺へと向かった。

家並みが途切れる辺り、少し山の手に入ったところにあるその寺は、隆雲寺《りゅううんじ》といった。大きな寺ではないが、近頃手直しされたようで、山門も土塀も欠けたり崩れたりしたところが見当たらない。嵐丸は山門を入らず、土塀の脇にある家に足を向けた。

そこは割合にしっかりした造りで、ちょっとした商家ほどの大きさがある。だが商家と違うのは、売り物も置いていないし、聞こえるのが子供の声ばかり、という点だ。

家の裏手から、子供が四人ばかり走り出てきた。五歳から十歳くらい、というところだ。先頭に立っていた一番年上らしい男の子が、嵐丸の姿を目にして、ぴたっと足を止めた。後ろの子が忽ちぶつかり、何だよと怒った声を上げたが、前に立っている嵐丸に気付くと、ぱっと笑顔になって歓声を上げた。

「嵐丸のおじちゃん！」

年上の子が、真っ先に声を上げた子の脇を小突いた。

「おじちゃんはないだろ。兄ちゃんだ」

「うん、嵐丸の兄ちゃん。久しぶりだね」

「おう。みんな元気にしてるか」

嵐丸も破顔し、四人の頭を順に撫でた。実際、嵐丸はこの子らの父親の年よりずっと若い。

声を聞きつけて、家の中や裏から子供たちが次々に飛び出した。皆で嵐丸を取り囲む。その数、男女合わせて二十七人。年は確か一番上が十二で、下はまだ、よちよち歩きだ。いずれもこの近く、湖の周りから見附《みつけ》辺りの生まれで、家はみな違う。百姓の子もいれば、漁師や商人の子もいた。出自がわからぬ子も、少なくない。

同じなのは、両親《ふたおや》がいないこと、だった。棄てられた子もいれば、戦で親を失った子もいる。嵐で舟が沈んだり、流行り病にかかったり、ということもある。乱世では、こういう子たちが巷《ちまた》にいくらでもいる。

「おお、戻ったか」

騒ぎを聞いて山門から出て来た僧が、笑みを向けた。隆雲寺の和尚《おしょう》、慈覚《じかく》だ。

「和尚、生きとったか。しぶといな」

嵐丸は乱暴な挨拶をした。だが、これがいつものやり取りだ。

「ふん。お迎えの方が嫌がっとるらしいからな」

肩を竦めた和尚は、とうに六十を過ぎている。お迎えに嫌がられているというのは、案外本当かもしれない。

「さて、今度の分だ」

嵐丸は子供らに見えないよう背を向け、和尚を山門まで引っ張って行って、懐から出したものを渡した。石川数正から貰った百貫の半分、五十貫だ。

「おお、これこそ功徳《くどく》」

慈覚は、嵐丸に向かって手を合わせた。

「よせ。俺は仏じゃない」

「仏がやることを代わってやっとる。それならばこそ、じゃ」

慈覚に言われるたび、どうにも照れ臭くなる。そんな大層な考えではないのだ。

嵐丸が子供たちを世話し始めたのは、数年前、盗賊仲間がばらばらに別れ、一人になってしばらく経った頃だ。この気賀で、嵐丸は七つくらいと見える男の子に、買ったばかりの焼餅を盗られた。たかが焼餅で、相手は子供。だから油断していたとはいえ、盗賊が物を盗まれては格好がつかないと思い、追いかけた。子供は隆雲寺に逃げ込んだ。

寺に入ってみると、男の子は和尚に腕を摑まれ、叱責されていた。御仏の世話になる者が、他人様《ひとさま》の物に手を出すのはならぬ、御仏に背《そむ》くことだと。和尚は嵐丸を見て、子供に代わって詫びた。寺の子ではなさそうなので、経緯を聞いた。百姓をしていた両親が野伏せりに襲われ、手向かいしたために殺されたのだという。和尚が不憫《ふびん》に思い、寺に住まわせているそうだ。珍しい話ではない。そう思って、その場は別れた。焼餅は、くれてやった。

それから何日か経って、盗人仕事の帰り、お堂で雨宿りした。すると、その床下から臭いがする。覗いてみると、真っ黒に汚れた子供が二人、怯えたように身を寄せ合っていた。五つか六つの、姉と弟だった。そのまま放っておいても良かったのだが、何故かそうはできず、嵐丸は二人を宥め、隆雲寺に連れて行った。和尚は驚いたが、引き取ることを承知した。

さらに何日か経った。やはり盗人仕事の帰りだった。今川家と深く関わる大商人の蔵を破った後で、懐には相当な稼ぎが納まっていた。嵐丸は朽ちかけた古い百姓家を見つけ、そこで寝ようと足を踏み入れた。

幾つもの光る眼に晒《さら》され、嵐丸は一瞬、足がすくんだ。だが、よく見ると、それは子供たちだった。男女、八人ほどいる。十歳くらいから三歳くらいまでと見て取っいる。いずれも憂いや怒り、怯えをたたえた暗い、世の全てを呪うような目付きをしている。とても子供の目とは思えなかった。

その目が何かを思い出させ、嵐丸の胸に刺さった。そうだ。これは俺だ。十年以上前、戦で親を失い、誰にも引き取ってもらえず、焼けた家の跡でうずくまっていた俺。野垂れ死にする前に、通りかかった盗賊たちに拾われた、あの時の俺。このままにしておいたら、どうなる。野垂れ死にか。俺と同じく、盗賊か。それで果たして、生き延びられるのか。

嵐丸は、長くは迷わなかった。皆の頭らしい年上の子供に話しかけ、やはり親を失って路頭に迷った子たちだと知ると、一緒に来るよう諭《さと》した。初めは胡散臭げな様子だった子供らも、飯を食わせるという殺し文句に従った。

八人の子供を託された慈覚和尚は、さすがに困惑顔になった。その心配は、すぐに見抜けた。この子らを食わせるほどの金がないのだ。嵐丸は、盗みで得た金の半分を、和尚に渡した。和尚は躊躇った。何で得た金かは、見抜かれていた。だが、結局何も言わずに受け取り、拝むように手を合わせた。どうせ金持ちの懐から掠めた金、窮した子らを救えるなら、その金も清く生きる。そう割り切ったのだろう。

嵐丸は、ほっとした。厚かましいが、このことで一時の心の平安を得られた気がした。嵐丸はそれからも、金を届け続けた。子供はどんどん増え、寺が手狭になったので、慈覚は寺の外に嵐丸から貰った金で家を建て、通いの飯炊き女も雇った。子供らは身ぎれいになり、やがて笑顔も戻った。

重ねた盗みの罪が、これで消えるなどとは嵐丸も思っていない。だが、ここに来ると確かに、気持ちは安らいだ。善行と言えるかどうか知らないが、これでいいと信じることにしていた。

「嵐丸兄ちゃん、遊んで」

子供たちがねだってきた。慈覚は穏やかに微笑み、庫裏の方へ引っ込んだ。

「いいが、何をしたい」

「うーん、石合戦」

嵐丸は大袈裟に顔を顰める。

「あれは怪我するから駄目だ。女の子にはできないしな」

「じゃあ、剣術教えて」

俺は剣術は下手くそだ、と嵐丸は笑う。実際、まともに剣術など教わったことはない。それでもいざという時は戦えているのだから、おかしなものだ。

「相撲《すもう》なら、付き合ってやる」

子供たちがわあっと喜んだ。嵐丸は手を引かれ、家の裏に行った。心はこの幾月かで最も、晴れ晴れとしていた。

しばらく遊んでから、嵐丸は用事があると言って町の方へ出かけた。夜には戻るつもりだ。子供たちの家は、今は嵐丸の家でもあるのだ。

船着き場の方へ、足を向けた。石で固められた岸辺に、腰を下ろす。日差しは強かったが、湖水を渡ってくる風が心地よい。嵐丸はしばらく、荷積みをしている船をぼうっと眺めていた。たまには船に乗ってみるのも、いいかもしれない。

「よう、どうした。のんびりしているな」

後ろから近寄って来た地味な小袖姿の小柄な侍が、嵐丸の肩を叩いた。

「なかなか騒がしい日が続いたからな。ちょっとのんびりしたくなった」

嵐丸が言うと、侍は羨ましそうな顔をする。

「そいつはいいな。俺は美濃の斎藤を相手にする合間にこっちと行き来だ。貧乏暇なし、忙しくてかなわん」

ぼやくように言って、侍は嵐丸の隣に座った。

「秋馬のところでは、確かにちょっと騒がしいことになったわな」

嵐丸は、ふんと鼻を鳴らした。

「他人事のように言うな、藤吉郎《とうきちろう》」

「いや、他人事さ。俺たちにとっちゃ」

木下《きのした》藤吉郎は、訳知り顔を嵐丸に向けた。

「万事、うまく運んだじゃないか。お前が怪しんだ通り、金山は偽物だった。松平元康はそれに気付いて、策を講じた。結果、秋馬は松平の手の内に入り、駿府は大恥をかいた」

駿府が勝手に踊ってくれたおかげで、こっちはゆっくり高みの見物を楽しめた、と藤吉郎は笑った。

「しかし、金山は怪しいかもって知らせてやったのに、そっちは全く動かなかった」

嵐丸は文句を言ったが、藤吉郎は笑ったまま見返しただけだ。

「あの金鉱石、調べたのか」

「ああ。はっきりとはわからんが、伊豆《いず》のものだろう。餌に使うため、持ち込んだんだな。小六《ころく》は知ったかぶりをしとったが、こんなものが本当に金になるのかと後から本気で首を捻ってた」

「だろうな。あれが山に埋まってたら、俺だって金だとはわからん」

嵐丸は首筋を掻いた。一宮から秋葉へ向かう途中、襲って来た野伏せりは、藤吉郎の友である蜂須賀《はちすか》小六とその一党だった。尾張の土豪で、一時は野伏せり紛いのこともやっていた小六なら、野伏せりに化けるのはいかにも簡単だ。

道中、頃合いを見て、嵐丸と繋ぎを付けるため小六が襲う格好をする、とは藤吉郎から聞いていたので、嵐丸は麻耶たちに気付かれぬよう、金鉱石に用意してあった文を添えて、小六に渡したのである。その文には、それまでの経緯を記し、金山の存在自体がまやかしということもあり得る、と匂わせておいた。頭の回る藤吉郎なら、それで大筋を察するだろうと思ってのことだ。

「金山が罠だと勘付いたら、狙われているのは元康だとすぐわかる。なのに、岡崎へは何も言わなかったんだろ」

嵐丸は再び問い質した。藤吉郎は、悪びれもせず答えた。

「殿の耳には入れた。だが、これで騙されるようなら、元康にはもう用はない、と言われた」

「そりゃあんまり、酷いじゃないか」

嵐丸は目を怒らせた。だが藤吉郎は意に介さない。

「真っ直ぐ言葉通りに取るな。殿は、本当に罠であれば元康なら見抜いてうまく立ち回るはずだ、だからこそ味方にする意味がある、そういう意味で言われたんだよ」

「うむ……まあ、わからなくもないが」

実際、元康はその読み通りにうまく立ち回った。織田信長の眼鏡に適った、と言うべきなのだろうか。

「どうにも冷徹だ。だからあんたのところの殿様は、好きになれん」

「まあ、そう言うな」

藤吉郎は宥めるように、嵐丸の肩を何度も叩いた。

「それほどの胆がないと、この乱世では大きくなれん。だから俺は腹を括って、上総介様について行く」

「あんたの思うようにすりゃいい」

嵐丸は投げるように言った。

「で、俺は役に立ったのか」

「ああ。頼んだ以上だった。初めは三浦右衛門佐が何やら企んでいるのを探ってもらうだけのつもりだったが、その後起きたことで、いろいろとわかったからな。特に、岡崎に寄った後であんたが寄越してくれた書状で、松平家が使いものになる連中だ、ってことをよく知れたのは良かった。この調子なら、三河全部を押さえるのも遠くあ

う思った。

叶うかどうかわからないが、是非自分の目で、元康という男を見極めたい。心からそ

嵐丸は、直に会う機会のなかった元康に思いを馳せた。そのうち、会ってみたい。

「それは、俺も同様に思う」

るまい」

「ここだけの話だが」

藤吉郎は秘密めかして扇子で口元を隠した。

「縁組を、考えている」

「なるほど」

嵐丸はすぐに察した。元康の嫡男にちょうど年頃の合う姫が、織田家にいたはずだ。そんな縁組みを信長が考えているなら、これからは元康に援軍を出すなど、本腰を入れて背中を支える気でいるわけだ。自分の書状がそれを決める助けになったのだろうか、と嵐丸は少しばかり興奮を覚えた。

「今川は、どうなると思う」

嵐丸は見通しを聞いてみた。そうさな、と藤吉郎が腕組みする。

「このままだとじきに、遠江の国衆たちが離れていくだろう。この気賀を領する井伊《いい》

家も、そうなると思う」

「井伊まで背を向けると、雪崩を打つかも、か」

「ああ。そして武田と俺たちに、食い荒らされる。北条の出方次第ってこともあるが、風前の灯《ともしび》と言っていいんじゃないか」

駿府がそれをどこまでわかってるか、だな、と藤吉郎は言った。自分の足元は、案外見えていないものだ、とも。嵐丸は頷くしかなかった。

「さて、と」

藤吉郎は懐に手を入れ、布袋を出した。

「礼金だ。受け取れ」

嵐丸は手渡された袋を改めてみた。二十貫、入っている。

「褒められた割には、少ない気がするな」

藤吉郎はわざとらしく、意地悪そうな笑みを見せた。

「松平からたんまり貰ったのは、知ってるぞ」

ちっ、と嵐丸は渋面を作った。

「抜け目ないと言うか、しわいと言うか」

「ははっ。ま、俺がもっと大金を自由に使える身分になったら、埋め合わせしてやるさ」

藤吉郎はまた嵐丸の肩を叩き、立ち上がった。「じゃあな」と軽く扇子を振る。

「期待しないで待ってるよ」

嵐丸は藤吉郎の背に向かって言った。藤吉郎は振り返らずに手を振ると、そのまま雑踏の中に紛れていった。


文月の半ば過ぎ。嵐丸は、再び駿府にいた。以前と同じ、商人姿だ。今川家の落日は次第に明らかになりつつあるとはいえ、この駿府の賑わいには、一見、まだ翳《かげ》りらしい翳りは見えなかった。もっとも、行き交う人の胸中は異なるようだ。辻々で立ち話をする人の中には、明らかに声を潜め、憂い顔になっている者もいた。二月余り前に来た時と比べても、それがさらに強く感じ取れるようになっている。

嵐丸は商いの品を入れているように見せた背負い荷物を置き、茶店の長床几に腰を下ろした。京の朱雀大路《すざくおおじ》を写したかのような大通りに沿う店で、通りのずっと先の突き当りに、今川館の大屋根が望める。

嵐丸は茶を所望して、主人に尋ねた。

「今川の御屋形様は、御自らご出陣あそばされているとか。誠ですか」

「はい、おっしゃる通りで」

主人はすぐに答えた。

「十日余りも前でございます。それはそれは、見事な御行列で。あれならば、御屋形様のお姿を見た敵は、すぐにも降参してしまいましょう」

誇らし気な口ぶりだったが、どこか空疎な気がした。余所者に取り繕っているかのような。

「そうですか。さすがは駿・遠・三の太守、今川の御屋形様でございますな」

調子を合わせてやると、主人は落ち着かなくなったように奥へ引き上げた。やはり駿府の人々も、恐れているのだ。終わりが近いことを。嵐丸は改めてそう思った。

「お邪魔してよろしいでしょうか」

いきなり、聞き慣れた声がした。思わず目を見開いて振り向く。すぐ傍らで、麻耶が微笑んでいた。

「ああ、ああ、いいですとも」

麻耶はにっこり笑って、嵐丸の隣に座った。

「商いにいらしたのでございますか」

「ええ、そうです。何と言っても、駿府は東海一の都ですからな」

初めて会った風に話を交わし、周りを窺った。客は幾人かいるが、いずれも少し離れており、自分たちの話に夢中だ。おおかた、駿府と今川の先行きについての心配を、論じているのだろう。聞かれる恐れはない、と見切った嵐丸は、麻耶に囁いた。

「駿府で何を狙っている」

うーん、と麻耶は小首を傾げた。

「たぶん、あんたと同じじゃないかな」

言いながら嵐丸に顔を寄せ、通りの先に目をやる。目で示したのは、今川館だった。

「おいおい、本気か」

嵐丸は笑いながら言った。今川家の居館は、城と同じだ。三浦右衛門佐のような、家臣の屋敷とは比べものにならない。そう釘を刺すと、麻耶は、そんなの承知と言った。

「その分、お宝も比べものにならない。そうでしょ」

その通りなので、嵐丸は唸った。

「何も蔵を丸ごと空っぽにしようってんじゃないし」

忍び込み、値打ちある物を一点か二点、奪う。嵐丸のいつもの手口だ。確かにそれなら、狙える。

「今さらとぼけないで。あんたも狙ってるでしょう」

麻耶は嵐丸に体を擦り寄せて、囁いた。耳に息がかかり、思わずうなじの毛が逆立つ。飛び切りの遊女に誘いをかけられているようだ。実際に周りからはそう見えるだろうし、麻耶もそう見えるように装っているのだ。

「御屋形様は三河にお出かけ。御屋敷は留守居の者しかいない。しかも、遊興が盛んな風潮になったおかげで、警護の目はすっかり緩んでる。あたしもあんたも、今じゃその辺のことは良く知ってる。狙わない理由はないよね」

やれやれ、と嵐丸は降参した。

「お前の言う通りだ」

麻耶はその答えに、にんまりした。

「いつ？」

「まあ、もう少し調べて明日か明後日の夜だな」

「じゃあ、一緒にどう？」

嵐丸は眉を上げ、そっと麻耶の顔を窺った。どうもそう言われるような気がしたのだ。麻耶は頬をくっつけんばかりにして、微笑んでいる。今すぐ唇を奪えそうだが、それをやったら投げ飛ばされかねない。

「いいよ。一緒にやろう」

そう言うしかない感じだった。麻耶の笑みが、一気に明るくなる。

「わあ嬉しい。一人より二人の方が、絶対いいもんね」

この女狐め、と嵐丸は臍《ほぞ》を噛んだ。追い込まれたように乗せられた。やっぱり危ない女だ。だが麻耶の顔を見返すと、その目には本当に嬉しそうな色しか浮かんでいなかった。

急に嵐丸は思い出した。岡崎の宿で、沢木が麻耶はお前に気がある、としきりに言い募っていたことを。ふうむ、と嵐丸は思案した。

「そんなに、俺と一緒に仕事したいか」

うん、と麻耶は嵐丸の顔を見たまま頷く。そうか、それなら、と嵐丸は麻耶の手を取った。

「いっそ俺の女になって、ずっと一緒にやらないか」

麻耶の笑みが、固まった。一拍置いて、「え」と声が漏れる。それから急に、ははっと笑って嵐丸の脇腹を思い切りつねった。嵐丸は痛みで顔を顰める。麻耶が囁いた。

「こんな人目のある場所で言うことかな」

うむ、もっともだ。嵐丸は頭を掻いた。次は平手打ちが来るかと思ったが、麻耶の言う通り、こんな人目のある場所でそれはあるまい。

「まあ、ねえ」

麻耶は笑みを消さないまま、座り直して言った。

「あんたが一国一城の主にでもなれば、考えてあげるよ」

「一国一城か。大きく出やがったな」

嵐丸は苦笑するしかなかった。乱世では誰しも一度は望むことだが、果てしなく遠い話だ。

「次第によっちゃ、一国を諦めて一城でまけといてもいいけど」

「それだって、とんでもない高望みだ」

「何言ってんの。男ならそのぐらい、当たり前でしょ」

畜生、からかってやがるのか。嵐丸は苛立ちかけたが、思い直した。待てよ。麻耶ならふざけるなと突き放されてもおかしくないのに、絶対嫌だって言い方はしなかったな。これはどう解釈するべきか。気を許し過ぎて何度も煮え湯を飲まされたのは確かだが。

嵐丸はそっと麻耶の顔を窺った。さっきと同じ、甘い笑みを浮かべたままだ。これはもう……騙されといてやるか。

「懸命に努めることにしよう」

嵐丸は顔を引き締めた。言葉を投げ合う遊びは、ひとまず終わりだ。

「さて、段取りは」

麻耶はまだ微笑んでいる。周りの目を意識しているのだろう。だが、口調は明らかに変わっていた。

「まずは外回り。夜の具合も確かめる」

「それぞれにやって、見たことを持ち寄るか」

「ええ。そうしよう。次に会うのは」

「明日の午《うま》ノ刻、浅間神社」

「承知」

まず嵐丸が席を立った。続いて麻耶が立つ。互いに目を見交わし、麻耶が残念そうな表情を作った。遊女が誘いをかけたが、断られた、という態を装っている。こんないい女を断る男がいるだろうか、と嵐丸は内心で思ったが、顔には出さない。

嵐丸と麻耶は目だけで頷き合うと、さっと互いに背を向け、反対の方向に歩き出した。じきに、二人の姿は人波に飲み込まれた。明日か明後日の夜、今川館で何が起こるか。それは今のところ、神仏にさえもわからない。

本書は文庫書下ろし作品です。

|著者| 山本巧次　1960年和歌山県生まれ。中央大学法学部卒業。『大江戸科学捜査 八丁堀のおゆう』が第13回「このミステリーがすごい！」大賞隠し玉となり2015年デビュー。同作はシリーズ化され、人気を博している。'18年『阪堺《はんかい》電車177号の追憶』で第６回大阪ほんま本大賞受賞。他の著書に「入舟長屋のおみわ」シリーズ、「定廻り同心 新九郎、時を超える」シリーズ、『災厄の宿』などがある。

戦国快盗《せんごくかいとう》 嵐丸《らんまる》 今川家《いまがわけ》を狙《ねら》え

山本巧次《やまもとこうじ》

講談社文庫

定価はカバーに
表示してあります

2024年６月14日第１刷発行

KODANSHA

発行者——森田浩章
発行所——株式会社　講談社
東京都文京区音羽2-12-21　〒112-8001
電話　出版（03）5395-3510
　　　販売（03）5395-5817
　　　業務（03）5395-3615

Printed in Japan

デザイン—菊地信義
本文データ制作—講談社デジタル製作
印刷———株式会社KPSプロダクツ
製本———株式会社国宝社

ISBN978-4-06-535770-5

講談社文庫刊行の辞

二十一世紀の到来を目睫に望みながら、われわれはいま、人類史上かつて例を見ない巨大な転換期をむかえようとしている。

世界も、日本も、激動の予兆に対する期待とおののきを内に蔵して、未知の時代に歩み入ろうとしている。このときにあたり、創業の人野間清治の「ナショナル・エデュケイター」への志を現代に甦らせようと意図して、われわれはここに古今の文芸作品はいうまでもなく、ひろく人文・社会・自然の諸科学から東西の名著を網羅する、新しい綜合文庫の発刊を決意した。

激動の転換期はまた断絶の時代である。われわれは戦後二十五年間の出版文化のありかたへの深い反省をこめて、この断絶の時代にあえて人間的な持続を求めようとする。いたずらに浮薄な商業主義のあだ花を追い求めることなく、長期にわたって良書に生命をあたえようとつとめるところにしか、今後の出版文化の真の繁栄はあり得ないと信じるからである。

同時にわれわれはこの綜合文庫の刊行を通じて、人文・社会・自然の諸科学が、結局人間の学にほかならないことを立証しようと願っている。かつて知識とは、「汝自身を知る」ことにつきていた。現代社会の瑣末な情報の氾濫のなかから、力強い知識の源泉を掘り起し、技術文明のただなかに、生きた人間の姿を復活させること。それこそわれわれの切なる希求である。

われわれは権威に盲従せず、俗流に媚びることなく、渾然一体となって日本の「草の根」をかたちづくる若く新しい世代の人々に、心をこめてこの新しい綜合文庫をおくり届けたい。それは知識の泉であるとともに感受性のふるさとであり、もっとも有機的に組織され、社会に開かれた万人のための大学をめざしている。大方の支援と協力を衷心より切望してやまない。

一九七一年七月

野間省一

講談社文庫 最新刊

東野圭吾　仮面山荘殺人事件　新装版

若き日の東野圭吾による最高傑作。八人の男女が集う山荘に、逃亡中の銀行強盗が侵入する。

五十嵐律人　原因において自由な物語

人気作家・二《に》階堂《かいどう》紡季《つむぎ》には秘密があった。『法廷遊戯』著者による、驚愕のミステリー！

神永　学　心霊探偵八雲1　完全版
〈赤い瞳は知っている〉

死者の魂が見える大学生・斉藤八雲の日々が蘇る。一文たりとも残らない全面改稿完全版！

風野真知雄　魔食　味見方同心㈡
〈料亭駕籠《かご》は江戸の駅弁〉

駕籠に乗った旗本が暗殺されるという事件が起こった。またしても「魔食会」と関係が!?

桜木紫乃　氷の轍

海岸で発見された遺体の捜査にあたる大門《だいもん》真由《まゆ》。孤独な老人の最後の恋心に自らを重ねる――。

舞城王太郎　短篇七芒星

「ろくでもない人間がいる。お前である」作家・舞城王太郎の真骨頂が宿る七つの短篇。

藤本ひとみ　死にふさわしい罪

平家落人《おちうど》伝説の地に住むマンガ家と気象予報士の姪。姪の夫が失踪した事件の謎に挑む！

講談社文庫 目録

芥川龍之介 藪の中
有吉佐和子 新装版 和宮様御留
阿刀田 高 ナポレオン狂
阿刀田 高 新装版 ブラック・ジョーク大全
安房直子 春の窓〈安房直子ファンタジー〉
相沢忠洋 「岩宿」の発見〈幻の旧石器を求めて〉
赤川次郎 偶像崇拝殺人事件
赤川次郎 人間消失殺人事件
赤川次郎 三姉妹探偵団
赤川次郎 三姉妹探偵団2〈キャンパス篇〉
赤川次郎 三姉妹探偵団3〈珠美・初恋篇〉
赤川次郎 三姉妹探偵団4〈怪奇篇〉
赤川次郎 三姉妹探偵団5〈復讐篇〉
赤川次郎 三姉妹探偵団6〈危機一髪篇〉
赤川次郎 三姉妹探偵団7〈駈け落ち篇〉
赤川次郎 三姉妹探偵団8〈人質篇〉
赤川次郎 三姉妹探偵団9〈青ひげ篇〉
赤川次郎 三姉妹探偵団10〈父恋し篇〉
赤川次郎 死が小径をやってくる〈三姉妹探偵団11〉

赤川次郎 死神のお気に入り〈三姉妹探偵団12〉
赤川次郎 次女と野獣〈三姉妹探偵団13〉
赤川次郎 心地よい悪夢〈三姉妹探偵団14〉
赤川次郎 ふるえて眠れ、三姉妹〈三姉妹探偵団15〉
赤川次郎 三姉妹、呪いの道行〈三姉妹探偵団16〉
赤川次郎 三姉妹、初めてのおつかい〈三姉妹探偵団17〉
赤川次郎 恋の花咲く三姉妹〈三姉妹探偵団18〉
赤川次郎 月もおぼろに三姉妹〈三姉妹探偵団19〉
赤川次郎 三姉妹、ふしぎな旅日記〈三姉妹探偵団20〉
赤川次郎 三姉妹、清く貧しく美しく〈三姉妹探偵団21〉
赤川次郎 三姉妹と忘れじの面影〈三姉妹探偵団22〉
赤川次郎 三姉妹、舞踏会への招待〈三姉妹探偵団23〉
赤川次郎 三人姉妹殺人事件〈三姉妹探偵団24〉
赤川次郎 三姉妹、さびしい入江の歌〈三姉妹探偵団25〉
赤川次郎 三姉妹、恋と罪の峡谷〈三姉妹探偵団26〉
赤川次郎 静かな町の夕暮に
赤川次郎 キネマの天使〈レンズの奥の殺人者〉
新井素子 グリーン・レクイエム〈新装版〉
安能務 訳 封神演義 全三冊

安西水丸 東京美女散歩
綾辻行人 殺人方程式〈切断された死体の問題〉
綾辻行人 鳴風荘事件 殺人方程式II
綾辻行人 十角館の殺人〈新装改訂版〉
綾辻行人 水車館の殺人〈新装改訂版〉
綾辻行人 迷路館の殺人〈新装改訂版〉
綾辻行人 人形館の殺人〈新装改訂版〉
綾辻行人 時計館の殺人〈新装改訂版〉
綾辻行人 黒猫館の殺人〈新装改訂版〉
綾辻行人 暗黒館の殺人 全四冊
綾辻行人 びっくり館の殺人
綾辻行人 奇面館の殺人(上)(下)
綾辻行人 どんどん橋、落ちた〈新装改訂版〉
綾辻行人 緋色の囁き〈新装改訂版〉
綾辻行人 暗闇の囁き〈新装改訂版〉
綾辻行人 黄昏の囁き〈新装改訂版〉
綾辻行人 人間じゃない〈完全版〉
綾辻行人ほか 7人の名探偵
我孫子武丸 探偵映画

講談社文庫　目録

2024年3月15日現在